Nous remercions le ministère du Patrimoine canadien,
la SODEC et le Conseil des Arts du Canada
de l'aide accordée à notre programme de publication
ainsi que le gouvernement du Québec
– Programme de crédit d'impôt
pour l'édition de livres
– Gestion SODEC.

Patrimoine canadien Canadian Heritage

Conseil des Arts du Canada

Canada Council for the Arts

Nous reconnaissons l'aide financière
du gouvernement du Canada
par l'entremise du Programme d'aide au développement
de l'industrie de l'édition (PADIÉ) pour ce projet.

Illustration de la couverture
et illustrations intérieures :
Claude Thivierge

Couverture :
Ariane Baril

Édition électronique :
Infographie DN

Dépôt légal : 2e trimestre 2007
Bibliothèque nationale du Canada
Bibliothèque nationale du Québec

1234567890 IML 0987

ISBN 978-2-89633-104-8
11326

Lori-Lune et le secret de Polichinelle

DE LA MÊME AUTEURE
AUX ÉDITIONS PIERRE TISSEYRE

Collection Sésame/Série Gaspar

Mes parents sont des monstres, 1997.
Grand-père est un ogre, 1998.
Grand-mère est une sorcière, 2000.
Mes cousins sont des lutins, 2002.
Mon père est un vampire, 2003.
Ma tante est une fée, 2004.
Mon chien est invisible, 2006.

Collection Papillon

Le temple englouti, 1990.
Le moulin hanté, 1990.
Le fantôme du tatami, 1991.
Le retour du loup-garou, 1993.
Vent de panique, 1997.
Rude journée pour Robin, 2001.
Robin et la vallée Perdue, 2002.

Collection Conquêtes

Enfants de la Rébellion, 1989.
Gudrid, la voyageuse, 1991.
Meurtre à distance, 1993.
Une voix troublante, 1996.
« Le cobaye », dans le collectif de nouvelles
de l'AEQJ *Peurs sauvages*, 1998.

Collection Safari

Le secret de Snorri, le Viking, 2001.

Collection Faubourg St-Rock

L'envers de la vie, 1991.
Le cœur à l'envers, 1992.
La vie au Max, 1993.
C'est permis de rêver, 1994.
Les rendez-vous manqués, 1995.
Des mots et des poussières, 1997.
Ma prison de chair, 1999.
La clef dans la porte, en collaboration, 2000.

Adultes

Mortellement vôtre, 1995.
Œil pour œil, 1997.
Le ruban pourpre, 2003.

Lori-Lune et le secret de Polichinelle

roman

Susanne Julien

ÉDITIONS
PIERRE TISSEYRE

9300, boul. Henri-Bourassa Ouest, bureau 220
Saint-Laurent (Québec) H4S 1L5
Téléphone : 514-335-0777 – Télécopieur : 514-335-6723
Courriel : info@edtisseyre.ca

Catalogage avant publication de Bibliothèque et Archives Canada

Julien, Susanne

Lori-Lune et le secret de Polichinelle

(Collection Papillon ; 138)
Pour les jeunes de 9 à 12 ans.

ISBN 978-2-89633-104-8

I. Thivierge, Claude II. Titre III. Collection : Collection Papillon (Éditions Pierre Tisseyre) ; 138.

PS8569.U477L673 2007 jC843'.54 C2007-940357-3
PS9569.U477L673 2007

1

Les ancêtres de Lori-Lune

D'aussi loin qu'on se souvienne, le phare de la Pointe-aux-Chouettes avait toujours appartenu à la famille Hulotte. Il y avait d'abord eu Henriette Hulotte, surnommée « la bâtisseuse ». Elle était arrivée au village pendant une nuit d'orage particulièrement violent. Tenant d'une main un large parapluie noir et de l'autre, une fillette de trois ans, elle avait cogné (du bout du pied) à la porte de l'auberge. Elle s'était payé, à elle et à sa petite fille, un bon repas, un bain chaud et un lit douillet.

Le lendemain matin, au lever du soleil, Henriette Hulotte était allée visiter le bord de la mer. Elle aurait pu choisir une plage de sable doré ou un pré verdoyant. Elle opta plutôt pour une presqu'île rocailleuse où rien ne poussait. L'endroit était si désert et si hostile qu'elle l'obtint facilement pour une bouchée de pain. Si, au début, les villageois se moquèrent d'elle parce qu'elle s'installait sur une terre aride, cela ne dura guère longtemps. En effet, la nuit, des bruits étranges parvenaient aux oreilles des habitants du coin. Quand quelques braves s'aventuraient pour voir de quoi il retournait, ils apercevaient des jets d'étincelles et des flashs aveuglants tels des éclairs. Ils entendaient des grincements et des craquements, des grondements et des bourdonnements, des gémissements et des hululements. C'était plus que suffisant pour freiner leur curiosité et pour qu'ils retournent chez eux, apeurés.

Le jour, tout redevenait silencieux.

Traînant derrière elle sa petite fille, prénommée Jizelle, Henriette Hulotte venait régulièrement faire ses emplettes au magasin général. Souriante et saluant aimablement tout le monde, elle évitait de répondre aux questions concernant ce qui se passait sur sa presqu'île. Mais, alors que tout un chacun désespérait de jamais apprendre la vérité, un bon matin, elle distribua des cartons d'invitation.

Chers amis,

Il me fait plaisir de vous inviter à l'inauguration d'une habitation unique en son genre. Ce soir, à 20 heures précises, je vous servirai des petits gâteaux pour célébrer l'occasion.

Bienvenue à tous !

Henriette et Jizelle Hulotte
1, Pointe-aux-Chouettes

Tandis qu'Henriette besognait, les mains dans la farine et le sucre, de leur côté, les villageois couraient chez leurs voisins, se demandant s'ils devaient se rendre chez cette étrange dame, surtout à la tombée de la nuit. Finalement, c'est tremblants de peur, massés les uns contre les autres, qu'ils s'approchèrent de la presqu'île. Tous lâchèrent un grand « AH ! » lorsqu'un rayon lumineux balaya le ciel. Ces pauvres gens n'avaient encore jamais vu d'aussi près la lumière éclatante d'un phare.

Henriette se précipita vers eux pour les accueillir et les rassurer.

— Bonjour, bonjour ! Voici mon humble contribution à la vie de votre village !

D'un geste de la main, elle montrait une haute tour en bois blanche et rouge. Tout en haut, un fanal pivotait sur lui-même, fendant l'espace d'une lueur éblouissante. Intimidés, les villageois n'osaient s'avancer davantage. Tous se demandaient comment une si petite femme avait réussi à bâtir une aussi grande demeure, seule et en aussi peu de temps. Henriette ne leur donna aucune explication. Elle se contenta de dire qu'à partir de maintenant, elle serait la gardienne du phare de la Pointe-aux-Chouettes. Étant donné qu'aucun bateau ne s'était jamais échoué sur le rivage, personne ne comprit vraiment à quoi ce phare pouvait bien servir.

Heureusement, les gâteaux aux carottes, les biscuits au chocolat et les petits fours glacés aux amandes réussirent à amadouer les villageois. Oubliant toutes leurs questions futiles, ils dégustèrent de bon cœur les délicieux desserts. C'est ainsi qu'Henriette et sa fille Jizelle s'installèrent au village.

Quand Jizelle devint une jeune femme, Henriette décida qu'elle devait aller étudier son métier de gardienne de phare dans un collège renommé, très loin du village. Jizelle partit donc, son petit bagage à la main, pour quatre longues années. Lorsqu'elle revint, elle traînait derrière elle non pas une, mais deux fillettes de trois ans : les jumelles Karol et Lorak.

Le temps passa. Henriette devint une très vieille dame et mourut durant une nuit d'orage violent. Jizelle Hulotte devint alors officiellement la gardienne du phare. Prenant très au sérieux son métier, elle travaillait autant le jour que la nuit, dans une minuscule pièce tout en haut de la tour. De là, elle observait l'horizon, elle évaluait le cycle de la lune, elle comptait les étoiles, elle vérifiait l'heure du lever du soleil, elle examinait les nuages et les marées, tout en notant ses commentaires, ses remarques et ses calculs. On la voyait rarement au village.

Par contre, les jumelles fréquentaient assidûment l'école. Non seulement Karol et Lorak étaient-elles inséparables, mais elles se ressemblaient tellement que les enseignants ne parvenaient pas à les différencier. Aussi, pour se simplifier la vie, avait-on pris l'habitude de toujours les nommer ensemble, ce qui donnait :

« Karol-Lorak, vous avez A pour le travail de géographie. »

« Karol-Lorak, vous êtes dans la lune. »

« Karol-Lorak, on ne mâche pas de gomme en classe. »

« Karol-Lorak, cessez de taquiner Michaël. »

Lorsque la cloche annonçant la fin des cours sonnait, les jumelles revenaient à la maison en traversant la forêt des Feux-Follets. C'est ainsi qu'elles l'avaient surnommée, car elles apercevaient souvent entre les branches des arbres de petites lueurs vives qui disparaissaient aussitôt apparues. C'était une sombre forêt d'épinettes géantes, de pins gigantesques et de sapins immenses entre lesquels les rayons du soleil ne parvenaient pas à pénétrer. Peu de gens s'y aventuraient ; pourtant, on y entendait souvent des murmures, des chuchotements et des bruissements dans l'herbe.

Cet aspect fantasmagorique des lieux n'empêchait pas les jumelles de s'y amuser. Elles jouaient à la cachette, chantaient à tue-tête, grimpaient dans les arbres, couraient après les sauterelles, cueillaient des champignons et s'inventaient des histoires abracadabrantes. Ainsi grandirent Karol et Lorak. Quand vint le jour de fêter leur seizième anniversaire, Jizelle leur annonça :

— Mes filles, il est temps d'aller parfaire votre éducation. Tout comme je l'ai fait à votre âge, vous devez vous rendre loin d'ici pour y étudier votre futur métier.

Elle leur parla longuement, expliquant d'où venait la famille Hulotte, racontant quel extraordinaire destin les attendait. Les jumelles demeurèrent bouche bée. Les yeux ronds d'étonnement, leur cœur rempli de ravissement mais tout de même un peu craintives, elles n'osaient interrompre leur mère. Le soir même, leur bagage à la main, elles partirent loin, très loin.

Leur absence dura quatre longues années. Tout comme leur mère et leur grand-mère, quand elles revinrent au village, elles traînaient derrière elles une fillette de trois ans. Une seule fillette pour deux mamans! Karol et Lorak s'occupaient autant l'une que l'autre de la petite Isabo, de telle sorte que personne au village ne sut jamais laquelle était réellement sa mère. Cela importait peu, puisque les jumelles étaient identiques et que nul ne parvenait à faire la différence entre les deux femmes.

Le temps passa. Jizelle devint une très vieille dame et mourut durant une nuit d'orage violent. Karol et Lorak devinrent officiellement les gardiennes du phare. Contrairement à leur mère, elles préféraient vivre à l'extérieur plutôt qu'en haut de la tour. Elles ramassaient des champignons, cueillaient des fleurs, cultivaient un minuscule jardin à l'orée du bois, préparaient des conserves, des huiles et des lotions. Lorsqu'elles observaient l'horizon, ce n'était pas pour prendre des notes ou pour effectuer des calculs. Non, elles se contentaient d'admirer le coucher du soleil ou le reflet de la lune sur l'océan. La nuit venue, allongées au pied du phare, bien emmitouflées dans de chaudes couvertures, la petite Isabo serrée contre elles, les jumelles comptaient les étoiles. Elles les connaissaient toutes par leur nom. Elles savaient à quelle galaxie elles appartenaient et à combien d'années-lumière elles se situaient.

Les jumelles Hulotte passaient beaucoup de temps avec leur petite fille. Matin et soir, elles l'accompagnaient à l'école, traversant avec elle la forêt des Feux-Follets. Elles lui montrèrent à jouer à la cachette, à chanter à tue-tête, à grimper aux arbres et surtout, à ne pas avoir peur des bruits et des lumières de ce bois étrange. Isabo riait et s'amusait beaucoup, avec ses deux mamans. Elle grandit et devint une belle jeune femme qui, à son tour, dût partir étudier très loin du village.

Son absence dura quatre longues années. Tout comme ses mères, sa grand-mère et son arrière-grand-mère, quand elle revint au village, elle traînait derrière elle une fillette de trois ans.

Et c'est là que cette histoire prit une tournure différente !

Karol et Lorak s'exclamèrent d'une même voix:

— Mais comment est-ce arrivé?

Isabo haussa les épaules et dit:

— Je n'y peux rien. Elle est venue au monde comme ça.

Les regards de Karol, de Lorak et d'Isabo étaient tous tournés vers la petite fille. Son ravissant sourire ne parvenait pas à faire disparaître la bizarrerie de son apparence. Sa peau était plus bleue que rose. Ses yeux n'étaient pas bruns, bleus ou verts, comme ceux de la plupart des gens, mais dorés. Ses pupilles, semblables à celles des chats, avaient une forme allongée. Ses cheveux, couleur lilas, avaient des mèches naturelles dans les tons de mauve et de violet.

— Comment va-t-on faire pour camoufler ça? demandèrent en chœur les jumelles.

— J'ai déjà tout essayé, mais sans succès, répondit Isabo.

— Eh bien! Il faudra que les gens s'habituent, déclarèrent Karol et Lorak.

Le lendemain matin, toute la famille Hulotte partit pour le village afin de présenter aux habitants la petite Lori-Lune.

Par pure politesse, personne ne passa de remarque sur la couleur inhabituelle de l'enfant. Les gens du village attendirent qu'elles fussent retournées au phare pour se précipiter chez leurs voisins et commérer dans leur dos. Cette activité les occupa durant plusieurs jours, mais peu à peu, les villageois finirent par accepter que la fillette soit différente des autres. Après tout, ils n'en étaient pas à la première bizarrerie de la part de cette famille.

Le temps passa. Lori-Lune grandit et entra à l'école maternelle. Puis survint une nuit d'orage violent. Au matin, les grands-mères jumelles étaient toujours vivantes, mais Isabo avait disparu. Certaines rumeurs prétendaient qu'elle avait été emportée par une vague gigantesque et qu'elle s'était noyée. D'autres laissaient entendre qu'elle avait quitté le village, abandonnant derrière elle sa petite fille à l'aspect étrange. Karol et Lorak ne parlèrent jamais à quiconque de ce qui s'était réellement passé.

À l'école du village, Lori-Lune fit sa première année, sa deuxième, sa troisième, sa quatrième, sa cinquième et, finalement, entra en sixième. Durant tout ce temps, même si tous ses camarades de classe désiraient connaître ses secrets et ceux de la famille Hulotte, aucun ne souhaitait réellement se lier d'amitié avec elle. Mais Lori-Lune n'était pas malheureuse pour autant. Ses deux grands-mères jouaient avec elle, lui enseignaient tout ce que l'on devait savoir sur les étoiles et les planètes, lui racontaient des histoires abracadabrantes et lui avaient même construit une maisonnette sur la plus haute branche d'un pin. À quoi auraient bien pu lui servir des amis, alors qu'elle avait deux aussi merveilleuses grands-mères ?

2

Nuit d'orage

La nuit avait été passablement mouvementée. D'abord, le vent du sud avait secoué les arbres de la forêt des Feux-Follets et soulevé des vagues aussi hautes que le phare. Les nuages amoncelés au-dessus du village avaient inondé les rues et les champs d'une pluie drue et froide. Tout à coup, des éclairs avaient zébré le ciel gris, et le tonnerre avait grondé. Puis, tout aussi soudainement, plus rien! Les nuages s'étaient dispersés, la pluie avait cessé, le vent s'était calmé. Et la lune était apparue, ronde et brillante au milieu des étoiles.

Lori-Lune, installée à la fenêtre de sa chambre, tout en haut de la tour, avait observé le déchaînement de la nature. Maintenant, elle s'amusait à nommer les étoiles, comme ses grands-mères le lui avaient enseigné.

« Bételgeuse, Sirius, Mimosa, Capella... Tiens ! Une étoile filante ! »

La jeune fille regarda plus attentivement. Elle trouvait bizarre la trajectoire de ce point lumineux. Habituellement, les étoiles filantes ne sont visibles que durant un court instant. Elles ressemblent à de petites étincelles qui tombent du ciel et s'évanouissent aussitôt. Celle-ci, au contraire, était restée apparente jusqu'à ce qu'elle aille disparaître dans la forêt des Feux-Follets.

— Oh ! Grand-maman ! Grand-maman ! s'écria-t-elle. C'est extraordi...

Elle ne termina pas sa phrase, car au même instant, une deuxième étoile filante traversa le ciel dans la même direction.

— Oh! Grand-maman! Grand-maman! Il y en a une autre.

— Une autre *quoi*? demandèrent deux voix au pied de l'escalier en colimaçon. Descends! Ce n'est pas poli de crier comme tu le fais.

Lori-Lune dévala les marches et annonça, tout excitée:

— J'ai vu deux étoiles filantes tom…

— Taratata! l'interrompirent les grands-mères. Tu veux dire des météorites. Ce sont des poussières de corps célestes qui prennent feu en entrant dans notre atmosphère et qui ressemblent à des étoiles en mouvement.

— J'en ai vu deux. Elles sont…

— Quoique parfois, elles sont plus grosses que des poussières, beaucoup plus grosses. Elles plongent dans le sol et font un trou énorme, un cratère.

— Oui, d'accord, mais…

— Finalement, les étoiles filantes ne sont pas vraiment des étoiles, car les étoiles sont des soleils qui brillent à des années-lumière d'ici. Il y en a des naines, des géantes, et même des doubles.

— Justement, j'en ai vu deux, de ces étoiles filantes, ou météorites, ou poussières de météorites, comme vous dites.

— As-tu fait un vœu ?

— Euh... non ! Je n'y ai pas pensé.

Lori-Lune avait été tellement étonnée d'apercevoir la deuxième étoile filante qu'elle avait oublié de formuler un souhait. Devant l'air déçu de leur petite-fille, les deux vieilles dames lui dirent :

— Il n'est pas trop tard. Regarde le ciel du côté où elles sont apparues et pense à ton désir le plus cher.

Toutes les trois s'approchèrent de la fenêtre. C'est alors que Lori-Lune constata qu'il pleuvait à torrents, que le vent soufflait fort et soulevait d'énormes vagues, et que les éclairs zébraient à nouveau le ciel.

— Par un temps pareil, firent remarquer les jumelles, comment as-tu pu voir une étoile filante ?

— L'orage avait cessé. Et ce n'est pas une, mais deux étoiles filantes que j'ai aperçues.

— Tu as peut-être rêvé cela, suggérèrent Karol et Lorak.

La jeune fille protesta qu'elle était bien éveillée, qu'elle avait même vu la pleine lune, Bételgeuse, Sirius, Mimosa et Capella. Les grands-mères hochèrent la tête. Leur petite-fille croyait sincèrement ce qu'elle disait, elles n'en doutaient pas. Mais elles savaient aussi que même les rêves les plus étranges pouvaient se confondre avec la réalité.

— Puisque tu le dis, c'est que ce doit être ainsi. Fais un vœu, il va se réaliser.

Lori-Lune ferma les yeux, car de toute façon, elle ne pouvait entrevoir le ciel, caché par les nuages. «J'aimerais retrouver maman et ainsi, apprendre ce qui lui est arrivé», pensa-t-elle très fort. Depuis la disparition de sa mère, elle avait souvent questionné ses grands-mères, mais en vain. Ni l'une ni l'autre n'avait voulu lui révéler ce qu'il était advenu d'Isabo. Elles répondaient invariablement que Lori-Lune était trop jeune pour comprendre. Pour être bien certaine que son vœu s'accomplisse, elle le répéta. Étant donné qu'elle avait vu deux étoiles filantes, n'avait-elle pas droit à deux vœux? Elle décida donc de souhaiter deux fois la même chose!

Puis, obéissant à ses grands-mères, Lori-Lune remonta se coucher. Allongée sur son lit, elle écoutait le tambourinement de la pluie sur le toit et le grondement du tonnerre qui s'éloignait peu à peu. Derrière ses paupières closes, se dessina l'image d'Isabo lui souriant et lui faisant un geste de la main, pour l'inviter à la suivre. Sans hésiter, Lori-Lune l'accompagna au pays des rêves. Comme tous les matins, lorsqu'elle se réveillerait, elle ne garderait qu'un vague souvenir de la présence de sa mère.

3

Matin de brume

Au petit matin, le son de la corne de brume tira Lori-Lune de son sommeil. Elle sauta hors du lit et courut à la fenêtre. Malheureusement, le brouillard était si intense qu'elle ne put apercevoir ni la mer ni la forêt.

— Quel temps sinistre ! Il fait si froid ! murmura-t-elle en s'habillant chaudement.

Heureusement, un chocolat chaud et un bol de gruau fumant l'attendaient sur la table de la cuisine.

— Dépêche-toi ! Sinon tu seras en retard, lui conseillèrent ses grands-mères.

À peine eut-elle le temps de manger que déjà, Karol et Lorak la poussaient dehors, l'aidant à attacher sa veste, lui tendant son lunch et son sac d'école.

— Va vite, ma puce ! Ne t'attarde pas dans la forêt, sinon...

— Sinon gare au méchant loup ! dit la jeune fille joyeusement.

Elle savait bien qu'aucun loup ni aucune bête sauvage n'habitait la forêt des Feux-Follets. Ce n'était là que le rituel habituel de son départ pour l'école. Elle poursuivit :

— Oh, grands-mères ! Pourquoi avez-vous de si grands yeux ?

— C'est pour mieux voir tes mauvais coups quand tu es à l'école.

— Oh, grands-mères ! Pourquoi avez-vous de si grandes oreilles ?

— C'est pour mieux entendre tes plaisanteries dans la cour de récréation.

— Oh, grands-mères ! Pourquoi avez-vous de si grandes dents ?

— C'est pour mieux dévorer les enfants espiègles qui font l'école buissonnière.

Sur ces dernières paroles, Lori-Lune se mit à rire et courut vers la forêt. Karol et Lorak la regardèrent disparaître derrière le brouillard et les arbres. Elles attendirent encore deux ou trois minutes, puis elles se dirent :

— Bien, maintenant, allons-y !

— Oui, si on veut terminer avant qu'elle revienne, il faut se dépêcher.

Les deux vieilles dames enfilèrent leur manteau et partirent, elles aussi, en direction de la forêt des Feux-Follets.

De son côté, Lori-Lune essayait de marcher aussi vite qu'elle le pouvait. La route était longue, de chez elle jusqu'à l'école, et ce brouillard épais n'arrangeait pas les choses. Pourtant, elle connaissait bien le chemin, car elle l'empruntait tous les jours. Néanmoins, ce matin, sous l'effet de la brume, tout lui semblait différent. Elle ne voyait pas à plus de dix pas devant elle. Elle se mit à chanter et remarqua que le son de sa voix lui semblait déformé, comme étouffé. Elle cessa donc de chanter pour concentrer son attention sur le sentier. Au même instant, elle crut apercevoir une ombre passer non loin d'elle.

— Qui est là ? demanda-t-elle aussitôt.

Personne ne lui répondit, mais elle eut l'impression qu'un animal courait se cacher derrière un immense pin. C'était peut-être un jeune faon ou un gros renard qui furetait dans le bois. Elle ne répéta pas sa question. Elle tendit plutôt l'oreille, à l'écoute du moindre bruit lui permettant d'identifier la bête. Un halètement se fit entendre, suivi d'un gémissement, puis d'un faible barrissement.

« Ce n'est tout de même pas un éléphant ! pensa-t-elle, étonnée. Ce que j'ai vu n'était pas si gros que ça, et il n'y a jamais eu d'éléphant par ici. »

Tout en essayant de marcher le plus silencieusement possible, elle s'approcha de l'arbre. La plainte se faisait entendre de plus en plus clairement. À travers les branches, elle distinguait une forme poilue, de couleur orangée. L'animal lui paraissait un peu plus petit qu'elle. Tout doucement, pour ne pas l'effrayer, elle contourna le pin en murmurant :

— Petit, petit, ne te sauve pas. Je ne te veux aucun mal. Petit, pet...

Pour toute réponse, l'animal émit un long son rauque qui envahit la forêt. Lori-Lune sursauta et recula. La bête en profita pour sortir de sa cachette et s'enfuir. L'adolescente eut juste le temps de la voir disparaître entre les branches. Jamais elle n'aurait cru qu'un être pareil puisse exister. De la tête aux pieds, il était recouvert d'une fourrure bouclée orange et jaune. Il avait l'allure d'un gros ourson et marchait sur ses deux pattes arrière comme le font parfois les singes. Il avait de grandes oreilles et un long nez semblable à la trompe d'un éléphant.

— Qu'est-ce que c'est que ça! s'écria-t-elle à haute voix.

C'est alors qu'elle entendit quelqu'un crier derrière elle :

— *Kouzo! Kouzo! Obitawan kabi doulou. Kouzo!*

Allant de surprise en surprise, Lori-Lune vit arriver près d'elle un jeune adolescent à l'allure étrange. Tout comme elle, il avait la peau bleue, des cheveux violacés et des yeux dorés aux pupilles de chat. La bouche grande ouverte, elle le fixait, se demandant si elle ne rêvait pas. Lui, sans hésiter, se mit à la questionner :

— *Goshi ni dawa nanni po ? Popoju dita kwan ? Kobu doulou ?*

— Euh… désolée, mais je ne comprends rien à ton charabia. Est-ce que tu parles français ?

Le jeune étranger soupira, puis hocha la tête, apparemment frustré de ne pas être compris. Il regarda la drôle de montre qu'il portait au poignet, appuya sur le cadran lumineux à plusieurs reprises. Il dit ensuite avec un accent très différent :

— *Abitor durina portico duen ?*

— Euh… je ne comprends pas davantage ce que tu dis.

L'adolescent grommela des mots incompréhensibles tout en pitonnant de nouveau sur sa montre. Son langage changea cinq ou six fois sans que Lori-Lune ne puisse saisir le sens de ses paroles. Puis, tout à coup, il se mit à bougonner en français.

— Et moi qui pensais être tombé sur une Kénonienne ! Ou bien elle est idiote et ça ne sert à rien que j'insiste ou alors elle est sourde et elle…

— De qui parles-tu ? l'interrompit Lori-Lune.

— Ah ! Enfin, ce n'est pas trop tôt, remarqua-t-il sur un ton hautain. Quelle langue horrible ! Mais puisque c'est le seul moyen de communication que tu utilises, je veux bien opter pour ce dialecte primitif et grossier.

Lori-Lune n'était pas seulement étonnée : elle était aussi un peu insultée. Ce garçon lui semblait bien mal élevé. Néanmoins, comme ses grands-mères lui avaient appris qu'il fallait être polie et patiente avec les étrangers, elle lui dit :

— J'ignore d'où tu viens et qui tu es. As-tu besoin d'aide pour retrouver ton chemin ? Le village est dans cette direction. Par là, c'est l'océan. Moi, je m'appelle Lori-Lune…

— Je n'en ai rien à faire de ton village ni de ton bord de l'eau. Tout ce que je veux, c'est retrouver mon Kouzo. Est-ce que tu l'as vu ?

De toute évidence, le Kouzo en question était l'étrange animal poilu que Lori-Lune avait découvert quelques minutes auparavant. Elle aurait facilement pu lui indiquer dans quelle direction il s'était enfui. Cependant, étant donné l'attitude agressive du garçon, elle préféra jouer à l'ignorante. Ainsi, la pauvre bête aurait le temps de se sauver un peu plus loin.

— Je ne vois pas très bien de quoi tu parles. Ce que tu as perdu ressemble à quoi ? À une voiture téléguidée ? À un cellulaire ? À un jeu vidéo ou à un baladeur pour écouter de la musique ?

— Mais non, voyons ! C'est un animal ! Il est haut comme ça, plein de poils. Ne me dis pas que tu n'en as jamais vu. D'où viens-tu, pour ne pas savoir ce que c'est ? Il s'est échappé en brisant sa chaîne.

— Pourquoi était-il enchaîné ? Est-il dangereux ?

— Non, mais il est à moi.

— Et ça te donne le droit de l'attacher ?

— Bien sûr ! Il m'a coûté très cher. Quand je pense que le brocanteur prétendait qu'il était déjà dompté et apprivoisé ! Quel menteur que ce vendeur ! Ce Kouzo n'écoute aucun de mes ordres et n'en fait qu'à sa tête. J'aurais dû le garder dans sa cage.

Lori-Lune trouvait cet adolescent de plus en plus désagréable. Ses grands-mères l'avaient habituée à laisser vivre les bêtes sauvages en toute liberté. Elle comprenait mal qu'on puisse désirer retenir de force un animal, même s'il était domestiqué. Si les chiens et les chats demeuraient avec les êtres humains, c'était parce qu'ils les aimaient, et non parce qu'ils étaient enchaînés. Ne souhaitant pas l'aider à retrouver le Kouzo, elle dit à l'étranger :

— Bonne chance dans tes recherches ! Moi, il faut que je parte, si je ne veux pas être en retard à l'école. Salut !

Elle lui tourna le dos sans plus attendre et le laissa ronchonner derrière elle :

— C'est ça, va t'amuser à ta garderie pour enfants attardés ! Tu parles d'un endroit moche et ennuyant ! Pourquoi a-t-il fallu qu'il se sauve dans ce trou perdu ? Et pas un Brimatien à des lieues à la ronde pour m'aider ! Je ne suis pas sorti du bois, moi...

Lorsque Lori-Lune regarda par-dessus son épaule, elle le vit disparaître entre les arbres dans la direction opposée à celle qu'avait prise le Kouzo. Elle sourit, contente de savoir qu'il ne le retrouverait pas de sitôt.

Peu à peu, la brume s'éleva vers le ciel et s'estompa. Lorsque Lori-Lune entra dans la cour d'école, le soleil brillait. Fidèle à son habitude, elle évita de se mêler aux jeux de ses camarades. Tandis qu'ils se lançaient des ballons, qu'ils couraient en tous sens en criant et en riant, elle alla s'installer sur une balançoire. Tout en oscillant doucement, elle rêvait et s'inventait des histoires. Mais ce matin-là, elle n'eut pas besoin de se créer un monde imaginaire pour partir dans la lune. Le Kouzo et son maître arrogant occupaient ses pensées.

L'un et l'autre l'intriguaient. Dans aucun livre de sciences naturelles elle n'avait vu un tel animal. Et de toute sa vie, jamais Lori-Lune n'avait encore rencontré une personne ayant la même couleur de peau qu'elle-même. Devait-elle en parler à son professeur? Devait-elle raconter sa mésaventure à ses camarades de classe? Son instinct lui dictait de n'en rien faire. Elle se doutait bien de leur réaction : soit on ne la croirait pas, soit on se mettrait à craindre une invasion de Kouzos et de petits bonshommes bleus. Elle jugea préférable d'attendre la fin de la journée pour demander à ses grands-mères ce qu'elles en pensaient. Néanmoins, elle se promit bien d'aller à la bibliothèque à l'heure du dîner pour y faire une petite recherche personnelle.

4

J'ai faim !

Rien ! Lori-Lune, malgré ses efforts, n'avait rien trouvé sur les Kouzos ni sur les humains à la peau bleue. Elle avait pourtant feuilleté *L'Encyclopédie des bêtes à poil et à plume*, *Le Dictionnaire des êtres rares et bizarres* et *Le Livre des records les plus étranges*. Elle avait aussi consulté l'ordinateur de la bibliothèque en cliquant sur tous les sites concernant les animaux farfelus ou les gens différents.

Lorsqu'elle quitta l'école à la fin de l'après-midi, elle était de plus en plus intriguée et songeuse. D'où venaient donc les deux êtres étranges qu'elle avait croisés sur sa route au petit matin ? Existaient-ils vraiment ou sortaient-ils tout droit d'un de ses rêves ? Non, elle n'avait pas rêvé. L'attitude insolente du garçon lui laissait un souvenir trop marquant pour ne pas être réelle ! Plus elle y pensait, plus elle se disait qu'elle devrait aider le pauvre Kouzo à se cacher de son méchant maître.

Tout en grignotant une pomme, elle marcha jusqu'au pin derrière lequel le Kouzo avait tenté de se dissimuler ce matin. Évidemment, il n'y était plus depuis longtemps, mais c'est de là que Lori-Lune voulait entreprendre son enquête. Elle examina le sol sans découvrir aucune trace sur la mousse verte et humide. Elle regarda les branches, mais pas une seule n'avait été brisée ou endommagée par le passage de l'animal. Elle observa la nature autour d'elle, les arbres, les fleurs, les champignons...

Tout semblait comme à l'ordinaire. Alors, elle se mit à écouter attentivement. Elle entendit le chant des cigales, le cri des corneilles, le bruissement du vent dans les feuilles. Elle ne trouva dans ces bruits rien d'inhabituel.

Elle décida alors de fureter aux alentours en faisant un peu plus attention. Elle parcourut tous les sentiers de la forêt des Feux-Follets, mais elle ne vit rien. Découragée, clle jeta son cœur de pomme par terre, résolue à abandonner ses recherches. Puis, elle se ravisa. Elle ramassa le trognon de pomme et le déposa bien en évidence sur une souche d'arbre, espérant que le Kouzo, attiré par l'odeur, vienne le manger. Mais, craignant qu'un aussi petit morceau de nourriture ne suffise pas, elle déposa à côté du fruit trois petites carottes et une tranche de fromage qu'il lui restait de son lunch. Elle courut ensuite se cacher derrière un sapin.

Presque au même instant, l'effronté propriétaire du Kouzo arriva derrière elle et la bouscula pour s'emparer des aliments.

— Hé ! Ce n'est pas pour toi ! s'écria-t-elle.

Elle tenta de le repousser, mais c'était trop tard : il avait tout dévoré. La bouche pleine, il dit sur un ton agressif :

— J'ai faim. J'en veux encore.

Sans attendre, il tira sur le sac à dos de Lori-Lune. Celle-ci se débattit et réussit à reprendre son bien.

— Bas les pattes, espèce de goinfre ! Je te défends de te toucher à mes affaires.

— Pourquoi ?

— Mais parce que c'est à moi ! En voilà des manières ! Qu'est-ce qui te prend ?

— Je te l'ai dit : j'ai faim. Je n'ai rien mangé depuis hier soir. Allez, donne-moi ce qui reste dans ton sac.

— Tu ne vas tout de même pas manger mes cahiers et mes crayons ! C'est tout ce que j'ai, là-dedans. Si tu veux manger, tu n'as qu'à retourner chez toi.

À ces mots, l'adolescent se laissa tomber par terre et se mit à pleurnicher comme un bébé. Lori-Lune en fut décontenancée. Avait-il faim à ce point ou était-il incapable de retrouver son chemin jusque chez lui ?

— Oh ! Ça va, cesse de brailler ! Viens avec moi, mes grands-mères pourront sûrement faire quelque chose pour toi.

Il cessa aussitôt de pleurer et se leva d'un bond :

— Sont-elles de bonnes cuisinières, au moins, tes grands-mères ?

— Tu ne penses donc qu'à manger ! s'exclama Lori-Lune, agacée par l'attitude du garçon.

— Je voudrais bien te voir à ma place ! J'ai passé une partie de la nuit et toute la journée à courir à gauche et à droite à la recherche de ce foutu Kouzo, sans réussir à l'attraper. Je n'ai presque pas dormi et je suis épuisé. Je dois refaire mes forces, alors, il est impératif que je mange. Est-ce que tu comprends ça ?

Plus il parlait, plus son ton devenait agressif. Ses pupilles de chat s'agrandissaient ; ses cheveux se hérissaient sur sa tête ; son corps se penchait par en avant ; il serrait les poings et semblait prêt à mordre. C'était bien mal connaître Lori-Lune que de croire l'impressionner en se montrant aussi brusque. Ce bonhomme bleu, même s'il était nettement plus grand qu'elle, ne lui faisait pas peur. Elle se planta devant lui, la main sur la hanche, et dit sur un ton détaché :

— Si tu veux vraiment manger, commence par le demander poliment.

Il ouvrit des yeux ronds d'étonnement. Peu de gens lui parlaient ainsi.

— Quoi ? Qu'est-ce que tu veux dire ?

Lori-Lune sourit.

— C'est simple, répète après moi : « Lori-Lune, s'il te plaît, peux-tu me conduire chez toi afin que tes gentilles grands-mères me servent un délicieux souper ? »

Le bleu des joues de l'adolescent vira au violet sous le coup d'une colère qu'il laissa exploser.

— Et puis quoi encore ? Il faut peut-être que je me mette à genoux et que je t'embrasse les pieds pour avoir droit à ton horrible bouffe ? Il n'en est pas question. Pour qui me prends-tu ? Je veux et j'exige de la nourriture. Et tout de suite !

Lori-Lune sourit de plus belle et dit doucement, presque en chuchotant :

— Dans ce cas, débrouille-toi tout seul ! Salut bonhomme !

Elle éclata de rire, se retourna et partit d'un bon pas à travers le bois. Pour éviter que ce garçon prétentieux ne puisse la suivre facilement jusqu'au phare, elle avançait en zigzagant, bifurquant à gauche et à droite, faisant exprès de n'emprunter aucun sentier. Au début, elle l'entendait qui criait et chicanait non loin derrière elle. Peu à peu, la voix de l'adolescent décrût, jusqu'à ce que Lori-Lune ne la perçoive presque plus. Elle ralentit la cadence, car il lui sembla que le jeune étranger avait changé de ton. Elle s'arrêta pour écouter attentivement.

— Lori-Lune, ne m'abandonne pas! J'ai pcur...

Disait-il vrai? La jeune fille en doutait. Il était beaucoup plus probable qu'il essayait de la manipuler pour qu'elle accepte de l'emmener avec elle. D'un autre côté, il se pouvait qu'il soit réellement perdu. Peu de gens s'aventuraient dans cette forêt, et personne ne la connaissait aussi bien que Lori-Lune et ses grands-mères. Si cet adolescent avait vraiment passé la nuit et la journée à courir en tous sens à la recherche de son Kouzo, alors, il avait fort probablement besoin d'aide.

Silencieusement, Lori-Lune retourna sur ses pas. Elle l'aperçut, recroquevillé derrière un arbre et tremblant de peur. Il sursauta lorsqu'elle lui adressa la parole.

— Je me contenterai d'un petit « s'il te plaît ».

Il se releva lentement, secoua ses vêtements et dit, sur un ton faussement indifférent :

— Ce ne serait pas si mal si je te suivais jusque chez toi... s'il... te plaît.

Il avait prononcé les deux derniers mots très rapidement, à la sauvette. Néanmoins, Lori-Lune accepta sa demande.

— Comment t'appelles-tu ? lui demanda-t-elle.

— Poly, Poly Shinel.

— Eh bien ! s'étonna-t-elle. Tu as encore du chemin à faire avant de mériter ton prénom !

Étonné, l'adolescent haussa les sourcils, car il ne comprenait pas ce qu'elle voulait insinuer. Lori-Lune secoua la tête.

— Laisse tomber, ça n'a pas d'importance. Allez, suis-moi !

Chemin faisant, Lori-Lune le questionna :

— D'où viens-tu ?

— De Brimatie.

— Je ne connais pas cet endroit. Est-ce loin d'ici ?

— Oh oui, très très loin. Et toi, où habites-tu ?

— Sur la Pointe-aux-Chouettes, dans un phare. C'est assez isolé. On ne voit jamais personne dans notre coin, mais on a une vue magnifique sur l'océan. Tiens, regarde !

Au même instant, les deux jeunes sortirent du bois et accédèrent à la presqu'île où était bâtie la haute tour blanche et rouge. Lori-Lune était toute fière de lui montrer la beauté des lieux. Le soleil descendait déjà à l'horizon et teintait d'orangé les flots turquoises. Poly Shinel, d'un regard blasé, examina rapidement les alentours et dit :

— C'est tout ?

Déçue de cette réaction, Lori-Lune ne répondit pas. Elle ne pouvait s'empêcher de penser à quel point ce garçon était désagréable. Pour couper court à toute discussion, elle l'entraîna plutôt à l'intérieur du phare.

— Grand-maman Karol ! Grand-maman Lorak ! Nous avons de la visite.

Aucune de ses grands-mères ne lui répondit. Elle les appela de nouveau, tout en faisant le tour de chaque pièce de la demeure. Elle dut finalement admettre que les deux vieilles dames n'étaient pas à la maison. Lori-Lune revint vers la cuisine où, habituellement, ses grands-mères lui laissaient un message sur la table quand elles devaient s'absenter. Elle ne trouva aucune note, mais découvrit Poly, la tête dans le réfrigérateur, en train de se gaver. Il ouvrait un à un les contenants de plastique, sentait et goûtait les aliments. Il jetait par-dessus son épaule ceux qu'il n'appréciait pas et avalait sans la moindre retenue ceux qui lui plaisaient.

— Poly Shinel ! s'exclama-t-elle en colère. Es-tu un garçon ou un cochon ? Faut-il vraiment que tu salisses tout pour assouvir ta faim ?

Elle lui arracha un plat des mains et referma la porte du réfrigérateur. Il tenta de la repousser, mais elle tint bon.

— J'ai faim ! cria-t-il.

— Je le sais, lui répondit-elle sur le même ton. Si tu veux manger, va t'asseoir à la table. Sinon, tu peux mourir de faim, ça m'est égal.

Poly ouvrit la bouche pour riposter, mais une lueur dans le regard de la jeune fille lui fit craindre qu'elle ne pense réellement ce qu'elle venait de dire. Aussi, il recula jusqu'à la chaise et s'y laissa tomber.

5

Les étrangers

Debout sur le perron du phare, Lori-Lune scrutait les alentours. Il était très tard et pourtant, ses deux grands-mères n'étaient pas encore rentrées. De plus en plus inquiète, elle se demandait si elle ne devait pas partir à leur recherche. Où pouvaient-elles bien être, elles qui ne quittaient jamais la maison sans en informer leur petite-fille? Elles n'allaient jamais très loin. Soit elles se rendaient au village pour y faire des courses, soit elles cueillaient des champignons ou des fleurs sauvages dans le bois.

« Oh! J'espère qu'elles ne sont pas disparues comme maman! songea-t-elle. Mais qu'est-ce que je ferais toute seule? Toute seule avec cet affreux Poly Shinel! Un horrible enfant gâté, impoli, arrogant, égoïste, méchant... »

Pour le contenter, elle avait réchauffé au micro-ondes un restant de riz au poulet qu'il avait d'abord trouvé trop froid. Elle l'avait remis au four, mais il l'avait ensuite trouvé trop chaud! Puis il avait critiqué le goût: pas assez salé, trop poivré, trop de légumes, pas assez de poulet...

Quand il avait finalement été rassasié, il avait exigé de voir les jouets de Lori-Lune. Aucun d'eux n'avait trouvé grâce à ses yeux. De guerre lasse, l'adolescente l'avait installé devant le téléviseur et était sortie sur le perron.

Lori-Lune leva les yeux au ciel. La lune ronde éclairait presque comme en plein jour. Les étoiles brillaient au firmament. Pour passer le temps, elle se mit à les compter. Quand elle arriva à la vingt-sixième étoile à sa gauche, elle remarqua que celle-ci avait un air inhabituel. Elle lui sembla plus grosse, beaucoup plus grosse, de plus en plus grosse !

— Mais… cette étoile s'approche de la Terre ! murmura-t-elle, étonnée. Si ça continue, elle va finir par s'écraser ici.

Bizarrement, Lori-Lune eut tout à coup l'impression de la voir en double, en triple et même davantage. C'était comme si le point lumineux se subdivisait. Par réflexe, Lori-Lune recula jusqu'à la porte. Au même instant, les lumières cessèrent d'avancer. Elles flottèrent pendant plusieurs secondes au même endroit, puis partirent rapidement en direction du village et disparurent de l'autre côté de la forêt.

— Une soucoupe volante ! s'écria Lori-Lune. J'ai vu une soucoupe volante !

Elle courut aussitôt raconter l'incident à Poly Shinel. Malheureusement, elle le trouva endormi devant la télé. Il ronflait si fort qu'il n'avait pas entendu les cris de Lori-Lune. Elle n'essaya même pas de le réveiller. Elle prit une lampe de poche et sortit de nouveau. Elle devait à tout prix retrouver ses grands-mères pour les prévenir de l'arrivée des extraterrestres. Bravement, elle emprunta le sentier qui menait au village en passant par la forêt des Feux-Follets.

— Grand-maman Lorak ! Grand-maman Karol ! appelait-elle régulièrement.

Elle marchait prudemment, éclairant à gauche et à droite et prenant bien garde de rester dans le sentier pour ne pas s'égarer. Parfois, elle s'arrêtait, retenait son souffle et écoutait les bruits environnants. Puis elle reprenait sa route et appelait encore ses grands-mères. C'est alors qu'elle entendit une plainte, semblable à un faible barrissement.

« Le Kouzo ! pensa-t-elle aussitôt. Lui aussi, il est perdu ! »

— Kouzo ! Kouzo ! N'aie pas peur, je ne te veux pas de mal. Où es-tu, mon petit Kouzo ?

La plainte se fit entendre plus clairement. Lori-Lune devinait qu'il était tout près d'elle. Elle continua de l'appeler, tout en avançant en sa direction.

— Viens ici, je vais t'aider ! Approche, petit Kouzo !

Sous la lumière de sa lampe de poche, elle vit briller deux yeux ronds et une médaille que l'animal portait au cou. Il était assis par terre, à côté d'une talle de bleuets. Il semblait craintif, mais il ne se sauva pas quand elle s'approcha de lui.

— Pauvre petit, tu dois avoir très faim.

Elle remarqua alors que le Kouzo grignotait des feuilles en attirant vers lui une branche de bleuets avec sa trompe.

— Ah ! Je vois ! Tu es végétarien. Dans ce cas, ici, tu ne manques pas de nourriture. Tu as l'air gentil. Il n'y a pas de raison de te garder en cage. Est-ce que je peux te toucher ?

D'un geste prudent, elle caressa le dos de l'animal. Celui-ci émit un petit grognement qui ressemblait au ronronnement d'un chat. Comme il semblait beaucoup apprécier, Lori-Lune recommença. La longue fourrure bouclée était douce et chaude. La main de la jeune fille remonta jusqu'à la tête du Kouzo et le gratta derrière les oreilles. L'animal grogna de satisfaction et s'appuya tout contre Lori-Lune.

— Je me demande bien ce que je vais faire de toi ! Si je t'emmène au phare, Poly va te reprendre et t'enfermer de nouveau. Par contre, si tu restes dans la forêt, est-ce que tu pourras te débrouiller, seul dans le bois ? Si seulement mes grands-mères étaient là, elles nous aideraient. Mais voilà, elles ont disparu et il est urgent que je les retrouve. Allez, continue à manger, je vais revenir bientôt et je te trouverai une bonne cachette.

Elle fit quelques pas pour s'éloigner et constata que le Kouzo la suivait.

— Tu n'es pas obligé de venir avec moi, lui dit-elle. Reste ici ! Je vais revenir.

L'animal la regarda en penchant drôlement sa tête sur le côté, puis il se mit à renifler. Soudainement pris de peur, il tourna les talons et s'enfuit parmi les arbres. Lori-Lune regarda autour d'elle, mais ne vit rien. Pourtant, son instinct lui dictait de faire confiance au Kouzo. Il ne se cachait sûrement pas pour rien. Elle se hâta de le suivre et alla se mettre à l'abri derrière des épinettes. Retenant son souffle, sa lampe de poche éteinte, elle entendit d'abord des craquements dans les branches, puis des voix conversant dans une langue qu'elle ne comprenait pas.

« Ce sont peut-être les parents de Poly, songea-t-elle. Je devrais leur dire où est leur affreux rejeton. J'en serais débarrassée. »

Préférant vérifier d'abord à qui elle avait affaire, elle ne bougea pas tout de suite et resta cachée. C'est ainsi qu'elle les aperçut, marchant lourdement dans le sentier : deux hommes et une femme. Ils étaient grands, très grands. La peau de leur visage était d'un bleu très foncé. Leurs longs cheveux mauves étaient maladroitement noués dans un chignon d'où s'échappaient des mèches emmêlées. Ils avaient l'air féroce et discutaient sur un ton sec et rude.

Aucun doute ils devaient être de la même famille que Poly ! Cependant, Lori-Lune hésitait. Ils semblaient en colère et elle craignait qu'ils ne s'en prennent à elle. Le Kouzo aussi donnait l'impression de les craindre. Roulé en boule, il tremblait et espérait passer inaperçu. Quand ils se furent éloignés, l'animal se redressa, flaira le vent, puis partit dans la direction opposée. Lori-Lune décida de le suivre.

Sans hésiter, le Kouzo s'enfonçait dans la forêt. Il était rapide et silencieux. Lori-Lune courait pour ne pas perdre sa piste. Elle finit par s'essouffler et dut ralentir.

— Attends-moi, je t'en prie ! Je n'en peux plus.

Le Kouzo se retourna et, trépignant sur place, barrit doucement. Puis, il repartit plus lentement, laissant ainsi une chance à la jeune fille de le rattraper. Soudain, il s'arrêta net et émit une longue plainte.

— Qu'y a-t-il ? demanda Lori-Lune en continuant d'avancer. Je ne vois rien de particulier. Est-ce que... Aïe !

Comme si elle venait d'entrer en collision avec un mur, elle tomba à la renverse. Assise par terre, elle se massa le front et constata qu'une bosse y poussait. Comment avait-elle pu se cogner aussi fort, alors qu'il n'y avait rien devant elle ? Elle avait beau éclairer avec sa lampe de poche, elle ne voyait rien. Prudemment, elle allongea le bras. Le bout de ses doigts toucha une surface dure, lisse et froide. De la main, elle tâta l'objet étrange qui lui avait bloqué le chemin. On aurait dit un mur invisible.

Elle se releva et, gardant toujours une main sur le mur, le longea. Elle se rendit compte qu'il n'était pas droit, mais arrondi. Elle avança en faisant un cercle qui la ramena à son point de départ.

— Mince, alors ! Il y a quelque chose de rond et d'invisible, juste devant moi !

En tâtonnant vers le haut et vers le bas, elle constata qu'il se courbait et avait la forme d'un énorme ballon légèrement aplati sur le dessus et le dessous.

— Je n'ai aucune idée de ce que ça peut être, murmura-t-elle.

De son côté, le Kouzo flairait l'objet de part et d'autre. Tout à coup, il grogna plus fort et donna un coup de patte à un endroit bien précis de la chose qui redevint aussitôt visible. Lori-Lune recula, impressionnée.

— Une soucoupe volante !

Le Kouzo donna un second coup de patte et une porte coulissa. Sans plus attendre, il sauta à l'intérieur.

— Non, n'y va pas ! s'écria-t-elle. Il y a peut-être quelqu'un, là-dedans. Fais attention !

Mais le Kouzo ne l'écoutait pas. Lori-Lune pouvait le voir, s'agitant autour d'un tableau de bord.

— Hé ! Ne touche pas à tout. Tu pourrais dérégler quelque chose. Laisse ça !

Elle entra à son tour, pour empêcher le Kouzo de commettre une gaffe irréparable. La porte se referma derrière elle.

— Ah non ! Regarde ce que tu as fait ! On est coincés à l'intérieur.

Un vrombissement la figea sur place. Le Kouzo avait réussi à faire démarrer le moteur de la soucoupe volante. L'engin s'ébranla doucement, puis s'éleva lentement dans les airs. Sur le tableau de bord, des voyants lumineux clignotaient, tandis que d'autres restaient allumés en permanence. Le Kouzo appuyait sur des boutons et poussait sur des manettes. Lori-Lune eut alors la conviction que le petit animal savait très bien ce qu'il faisait et qu'il contrôlait parfaitement l'appareil.

— S'il te plaît, redescends et laisse-moi sortir ! Je n'ai pas envie de m'envoler. Ne m'emmène pas avec toi !

Le Kouzo la regarda en penchant la tête de côté et se mit à barrir sur un ton doux et amical. Il s'approcha ensuite du hublot pour observer ce qu'il y avait en dessous. Lori-Lune vint le rejoindre. De là, elle pouvait apercevoir la cime des arbres, le toit du phare sur la presqu'île, l'immensité sombre de l'océan d'un côté et les lumières du village de l'autre. Du bout de sa trompe, le Kouzo lui montrait tout en bas des formes en mouvement. L'adolescente plissa les yeux pour mieux voir. Trois grandes silhouettes se dirigeaient vers le phare, tandis qu'une ombre plus petite s'enfuyait en direction de la falaise. Quand les grandes silhouettes furent à l'intérieur du phare, la petite ombre courut se cacher dans la forêt.

— C'est Poly Shinel. Il se sauve des créatures que j'ai croisées tout à l'heure dans le bois ! Ce ne sont peut-être pas ses parents, après tout. Il vaudrait peut-être mieux revenir et l'aider.

Le Kouzo secoua la tête et barrit férocement. Il retourna vers les commandes et fit accélérer l'appareil. La soucoupe montait de plus en plus haut dans le ciel, s'éloignant de la Terre.

— Poly court peut-être un grave danger. Ce n'est pas que je le trouve sympathique, mais on ne peut pas l'abandonner.

Têtu, le Kouzo refusait toujours de revenir vers la Terre. Lori-Lune ne savait que faire. Ignorant comment piloter un vaisseau spatial, elle était à la merci du Kouzo. En regardant de nouveau par le hublot, elle vit un objet lumineux jaillir de la forêt des Feux-Follets et s'envoler vers l'espace.

6

Le Kouzo

Bouleversée, Lori-Lune fixait la Terre par le hublot. Plus la soucoupe volante s'éloignait, plus la Terre devenait petite à ses yeux. À plusieurs reprises, elle avait demandé au Kouzo de revenir en arrière et, chaque fois, il avait refusé. Poly Shinel avait raison : cet animal n'en faisait qu'à sa tête. Elle essaya encore une fois de lui faire comprendre qu'elle voulait retourner chez elle :

— Gentil petit Kouzo, s'il te plaît, mes grands-mères vont s'inquiéter, si je ne reviens pas à la maison. D'ailleurs, j'aimerais bien savoir où elles sont parties, mes grands-mères. Et moi, où m'emmènes-tu ? De quel monde peux-tu bien venir ?

Le Kouzo la regardait gentiment, la tête penchée sur le côté. Il émettait de faibles barrissements, comme s'il essayait de répondre à ses questions. Lori-Lune, qui ne comprenait rien à son langage, haussa les épaules et continua à parler à haute voix pour elle-même :

— Je viens d'être kidnappée par un animal qui ressemble à un mini mammouth en peluche orange ! Il a l'air d'un toutou doux et aimable. Heureusement pour moi ! Comment se fait-il que tu saches conduire un engin pareil ? Il faut que tu sois intelligent pour avoir appris à te servir de ces manettes et de ces boutons, et à lire les inscriptions sur les cadrans !

Le Kouzo barrit plus fort en hochant la tête. Le compliment lui faisait plaisir.

Il se tourna vers un écran où l'on voyait un soleil entouré de planètes et pointa l'une d'elles. Il grogna des explications que Lori-Lune ne comprit pas, évidemment. Elle s'approcha pour mieux voir.

— C'est un système solaire, mais pas le mien. Je ne le reconnais pas. Est-ce que tu peux faire un zoom arrière, agrandir le champ de vision ? Ainsi, je pourrais voir l'ensemble de la constellation que tu me montres et je pourrais peut-être l'identifier. Mes grands-mères m'ont donné d'excellents cours d'astronomie. Je sais reconnaître des dizaines d'étoiles.

Le Kouzo hocha la tête de plus belle et, du bout de sa trompe, appuya à plusieurs reprises directement sur un coin de l'écran. Le soleil et les planètes diminuèrent jusqu'à devenir de petits points lumineux. L'un d'eux brillait davantage que les autres. Lori-Lune l'identifia aussitôt.

— C'est Polaris, l'étoile polaire. Elle fait partie de la constellation de la Petite Ourse. Alors, c'est dans ce coin-là que tu habites. Si je me rappelle bien, c'est à plus de quatre cents années-lumière d'ici. Si une année-lumière égale neuf mille quatre cents milliards de kilomètres, multiplié par quatre cents années-lumière, ça fait... beaucoup trop loin à mon goût! Quand on arrivera là-bas, il y aura longtemps que je serai morte! Kouzo, ramène-moi à la maison. Tout de suite!

L'animal barrit, l'air navré. Il ne pouvait accéder à sa demande. Lori-Lune le supplia encore une fois. À son grand étonnement, elle vit l'attitude du Kouzo changer. Il ouvrait de grands yeux effrayés. Lori-Lune crut d'abord qu'elle lui avait parlé trop durement, puis elle s'aperçut qu'il ne la regardait pas, mais qu'il fixait un point derrière elle. Elle se retourna et vit par le hublot une seconde soucoupe volante, tout près d'eux.

Le Kouzo courut vers le tableau de bord et actionna une manette. Lori-Lune faillit perdre l'équilibre quand leur propre soucoupe accéléra brusquement. La deuxième soucoupe les rattrapa presque aussitôt. Le Kouzo vira à gauche. Son poursuivant en fit tout autant. Il essaya par la droite, mais sans réussir à s'éloigner de l'autre engin spatial.

Quoi que le Kouzo fasse, qu'il aille à gauche, à droite, en haut ou en bas, le second vaisseau le serrait de près. Son adversaire maniait si bien son appareil qu'il réussit même à lui couper la route en se plaçant devant lui. Au même instant, un rayon lumineux émana de la deuxième soucoupe et engloba celle du Kouzo, la forçant à s'immobiliser.

Le pauvre petit animal se roula en boule sur le sol, en gémissant. Craignant qu'il ne soit blessé, Lori-Lune se précipita vers lui. Elle l'examina, le tâta et ne trouva aucune blessure.

— Qu'est-ce qui t'arrive? Où as-tu mal? À moins que... tu as peur de quelque chose ou de quelqu'un! Qui...

Une forte secousse fit trembler la soucoupe. Lori-Lune se rendit compte que l'autre vaisseau venait de se placer brusquement tout contre le leur, porte vis-à-vis porte. Quand celle-ci s'ouvrit, elle vit entrer Poly Shinel, visiblement en colère. Il se dirigea droit sur l'adolescente.

— Tu n'as pas honte de prendre ce qui m'appartient? s'écria-t-il.

— Quoi! fit-elle étonnée. Je ne t'ai rien pris.

— Cette navette est à moi.

— Je croyais que c'était celle du Kouzo.

— Le Kouzo m'appartient, alors son vaisseau aussi est à moi.

Lori-Lune prit une grande inspiration avant de répliquer n'importe quoi. Elle ne devait pas oublier qu'elle était très loin de la Terre et que seul Poly pouvait la ramener chez elle.

— D'accord, le Kouzo t'appartient et sa soucoupe aussi. Je n'ai pris ni l'un ni l'autre. Je suis montée à bord par erreur. Je ne sais même pas comment piloter cet engin. Tout ce que je désire, c'est retourner chez moi.

Poly la dévisageait méchamment. Sa colère était telle qu'il cherchait un coupable à accuser. Il comprit néanmoins que la jeune fille ne se laisserait pas faire aussi facilement. Il se tourna donc vers le Kouzo pour se défouler sur lui.

— Toi, sale petit microbe velu ! Cette fois, je vais t'enfermer dans un coffre-fort. On verra bien si tu pourras t'en échapper.

Joignant le geste à la parole, il agrippa l'animal par la peau du cou et le traîna derrière lui. Le Kouzo gémissait de plus en plus fort. Lori-Lune en avait le cœur déchiré. Pauvre bête ! Quelle horrible punition allait-elle subir ?

— Poly ! C'est cruel et lâche de s'acharner sur plus petit que soi.

Poly haussa les épaules et continua de marcher vers la porte de sa navette. La jeune fille se creusait la cervelle pour trouver des arguments afin de le faire changer d'idée.

— Que diraient tes parents, s'ils voyaient comment tu traites ton Kouzo ?

Poly traversa vers son vaisseau en marmonnant :

— Aucune importance ! De toute façon, mes parents, pour ce...

Lori-Lune n'entendit pas la fin de la phrase. Elle le suivit dans l'autre soucoupe et demanda :

— Qu'est-ce que tu as dit, à propos de tes parents ?

Poly ouvrit la porte d'une cage et poussa le Kouzo à l'intérieur ; puis, il la referma vivement et la verrouilla à double tour.

— Mes parents ne te concernent pas. C'est mon problème, pas le tien.

Lori-Lune s'approcha de la cage et, glissant une main entre les barreaux, caressa le Kouzo, qui se calma peu à peu.

— Qu'est-ce que tu veux dire par « problème » ? C'est parce que tu avais peur qu'ils te punissent que tu t'es enfui ?

— Com... comment sais-tu que je me suis enfui ? demanda-t-il, surpris.

— Je les ai croisés dans la forêt, tout à l'heure. Ils n'ont pas l'air commode. J'imagine qu'ils te cherchaient. Ensuite, du haut des airs, je les ai aperçus s'approchant du phare. Et toi aussi je t'ai vu, sortant par derrière et courant vers la falaise.

Poly la regarda d'un air songeur, avant de dire lentement, comme s'il cherchait ses mots :

— Ce... ce ne sont pas mes parents.

— Ah ! Qui sont-ils, alors ?

Poly pivota vers le tableau de bord et se mit à jouer nerveusement avec les boutons et les manettes pour fermer la porte de sa navette.

— Eh bien ! Ce sont des... comment dire... des pirates ! Oui, c'est ça, des pirates de l'espace. Ils ont attaqué le vaisseau de mes parents... et ils les ont tués. J'ai réussi à me sauver. Tout seul. Maintenant, ils veulent m'attraper.

Lori-Lune ouvrit des yeux horrifiés.

— Mais c'est terrible ! Pourquoi ont-ils tué tes parents ?

— Euh... pour les voler, voyons ! D'ailleurs, ils se sont emparés du vaisseau de mes parents. J'ai réussi à sauter dans cette navette pendant qu'ils étaient occupés à fouiller le navire. J'imagine que le Kouzo a fait la même chose que moi. Ils ont dû le suivre jusqu'ici. Et c'est sûrement à cause de ça que j'ai été repéré par ces pirates.

Lori-Lune fronça les sourcils, cherchant à mieux comprendre l'histoire rocambolesque de ce garçon.

— Pourquoi voudraient-ils absolument t'attraper ? Tu n'es qu'un enfant et tu ne transportes aucun objet de valeur avec toi.

Poly haussa les épaules et répondit sur un ton agacé :

— Je ne sais pas. Peut-être ont-ils peur que je les dénonce ? Ou encore, ils veulent me capturer et exiger une rançon en échange de ma libération ? De toute manière, je ne peux pas rester immobile plus longtemps. C'est trop dangereux. Il faut partir, avant qu'ils ne retracent notre position dans l'espace.

Il actionna aussitôt une manette et la soucoupe partit à toute vitesse en direction opposée de la Terre. Lori-Lune tourna son regard vers le hublot et vit, flottant à la dérive, la navette du Kouzo qui rapetissait à vue d'œil.

7

Bienvenue sur Brimatie !

— Poly, je ne veux pas avoir l'air de me mêler de ce qui ne me regarde pas, mais où nous conduis-tu ? demanda Lori-Lune, inquiète.

— Chez moi, sur Brimatie, voyons ! Quelle question stupide !

— D'accord! dit Lori-Lune sur un ton conciliant. Et la Brimatie, est-ce du côté de Polaris, l'étoile polaire?

—Mais bien sûr! Deux ou trois années-lumière plus loin.

— Dans ce cas, en supposant que nous voyageons à la vitesse de la lumière (ce qui m'étonnerait beaucoup), ça nous prendra, au minimum, quatre cents ans pour nous rendre chez toi. Je fêterai donc mon quatre cent douzième anniversaire en mettant les pieds sur ta planète. Désolée, je ne vivrai pas aussi longtemps. Poly, ça n'a aucun sens de vouloir aller aussi loin!

Poly soupira et la regarda, découragé de constater qu'elle savait si peu de choses sur les voyages intersidéraux. Sans détour, il lui dit sèchement:

— Ce que tu peux être tarte! Comment crois-tu que je suis arrivé jusqu'ici? Je ne me suis pas tapé toutes ces années-lumière. Il existe un moyen de les sauter: le maelström!

Il lui tourna le dos et continua de s'affairer sur le tableau de bord. La jeune fille, qui n'avait aucune idée de ce que pouvait être un maelström, comprit qu'il ne lui donnerait aucune autre explication.

— D'accord, murmura-t-elle.

Les yeux rivés sur le hublot arrière de la navette, elle ajouta :

— Je te suggère de trouver ce maelström au plus vite.

— Pourquoi ?

— Parce qu'on est poursuivis.

Poly jeta un coup d'œil par-dessus son épaule et s'écria :

— Oh non ! Ils nous ont déjà repérés. Pourtant, j'avais activé la protection antiradar. Comment ont-ils fait pour nous retrouver ?

— Peut-être suivent-ils tout simplement le même chemin que nous ?

Trop occupé à manœuvrer son engin volant, Poly ne répondit pas. Il poussait les manettes à fond, pianotait sur son écran, vérifiait sa trajectoire. Il se mit soudain à marmonner :

— On y est presque ! Plus vite, plus vite ! Quelles sont les coordonnées, déjà ?

Lori-Lune, les yeux grands ouverts par la crainte et par l'émerveillement, fixait maintenant la fenêtre devant le poste de pilotage. Ce qu'elle y voyait la fascinait. Elle avait l'impression d'être placée au-dessus de l'œil d'une immense tornade dont la queue s'étirait à l'infini. Le tourbillon tournoyait violemment, attirant dans son centre tout ce qui se trouvait à proximité.

— Ça va nous engloutir ! s'exclama-t-elle, effrayée.

— Évidemment, c'est le but recherché. Je n'ai qu'à composer les chiffres indiquant l'endroit où je désire me rendre : 226-4823-7731-9905. Ensuite, je lance ma demande en appuyant sur le petit voyant lumineux vert... et c'est parti !

Dans un grondement farouche, la navette fut aspirée dans l'œil du maelström, pivotant sur elle-même dans un mouvement de spirale de plus en plus rapide. Lori-Lune, Poly et même la cage du Kouzo s'élevèrent dans les airs, se déplaçant mollement, en état d'apesanteur. Ils basculaient au ralenti et flottaient au centre de la soucoupe, se retrouvant la tête en bas, un pied à gauche et l'autre à droite. Cela dura à peine quelques secondes, mais Lori-Lune eut l'impression que c'était une éternité. Puis, soudainement, le petit vaisseau déboucha à l'autre extrémité, et tous retombèrent durement sur le plancher. La cage du Kouzo atterrit de guingois sur la tête de Lori-Lune.

— Ouille ! se plaignit-elle en se frottant le crâne. C'est toujours aussi douloureux d'emprunter le maelström ?

Le Kouzo gémissait, apeuré, mais ne semblait pas blessé. Poly se releva et fit deux ou trois pas en boitillant, avant de répondre :

— Euh ! non. J'ai oublié d'actionner le contrôle de l'anti-antigravitation. Il n'est pas automatique, sur la navette.

— Bravo, champion ! On peut se fier à toi pour se casser le cou, lui fit remarquer Lori-Lune. Alors, cette fantastique culbute nous a amenés où ?

— À deux pas de la Brimatie !

Fier de lui, Poly montrait de la main une planète toute proche. Elle était entourée d'une auréole orangée dans laquelle plusieurs petites lunes tournoyaient. Éblouie, Lori-Lune demeura bouche bée.

— Vois-tu la tache sombre, sur le haut de la planète ? C'est la mer de Kénonie. Et juste là, à gauche, au bord de l'eau, c'est là que j'habite, dans la grande cité de Kwifta.

De loin, Kwifta semblait bien petite. Cependant, plus la navette se rapprochait, plus la ville grandissait sous leurs yeux. Et plus Lori-Lune se rendait compte que cette ville n'avait rien d'attirant. On ne voyait que des bâtisses en béton ; pas d'arbres, pas de parcs fleuris, pas de cours d'eau. L'adolescente s'ennuyait déjà de sa forêt. Il y avait bien une mer, mais l'eau paraissait brune et sale. Elle ne ressemblait en rien à l'océan auprès duquel Lori-Lune vivait.

— C'est... super, dit-elle, sans grand enthousiasme.

— Oui, et maintenant, surveille bien la manœuvre, s'écria Poly, sur un ton réjoui.

La navette volait à une centaine de mètres au-dessus des toits, évitant d'autres vaisseaux spatiaux qui circulaient dans toutes les directions. Poly bifurqua sur la gauche et sur la droite, puis vers le haut et vers le bas. Plus il descendait, plus la circulation était dense et plus Lori-Lune se sentait en danger. À tout instant, elle craignait un accrochage ou, pire encore, un face-à-face avec un autre engin volant.

Puis, elle remarqua que sur chaque toit, on pouvait voir un cercle rouge.

— Qu'est-ce que c'est ? demanda-t-elle.

— Ce sont des pistes d'atterrissage. Il faut bien que nous nous posions quelque part.

— Et nous, où allons-nous atterrir ? Laquelle de ces maisons est la tienne ?

Il pointa du pouce par-dessus son épaule :

— Par là… Ah non !

Des voyants lumineux se mirent à clignoter sur le tableau de bord et une voix se fit entendre dans la radio :

— *Kagimason, dobo kiri sou ! Kagimason, dobo kiri sou !*

D'un geste nerveux, Poly tapa sur un bouton et la voix cessa. Sans prendre le temps de réfléchir, il déplaça une manette et le vaisseau bifurqua soudainement sur la gauche. Il évita de justesse un gros engin qui venait en sens inverse. La navette piqua du nez, passa sous une rangée de passerelles qui reliaient plusieurs gratte-ciel, et poursuivit ainsi son chemin en se faufilant dangereusement entre les maisons.

— Fais attention ! Tu vas nous tuer ! cria Lori-Lune. Où as-tu appris à conduire ? Dans un jeu vidéo ?

— Avec un simulateur de vol ! Comment veux-tu que ce soit ?

— Oh, misère ! Je ne sortirai jamais vivante d'ici.

Poly ne l'écoutait pas ; il conduisait tant bien que mal, fuyant ses ennemis. Lori-Lune devina que les pirates de l'espace les avaient retrouvés et les pourchassaient, même en pleine ville.

Pourtant, elle n'apercevait aucun vaisseau derrière eux. Accroupie à côté de la cage du Kouzo, elle s'agrippait aux barreaux. À chaque virage brusque, elle était projetée d'un côté ou de l'autre. Elle se rendait bien compte que Poly était paniqué. Il était blême et la sueur coulait sur son front. Ses mains tremblaient et il semblait sur le point de se mettre à pleurer. Que pouvait-elle faire pour l'aider ? Rien ! Elle ne pouvait qu'espérer que le garçon parvienne à semer ses poursuivants.

Il manœuvra à gauche, puis à droite, avant de remonter subitement et de redescendre aussi vite. Malheureusement, il évalua mal la distance, et le dessous de la soucoupe effleura le sol. La navette perdit l'équilibre, fit une embardée, frappa un mur, rebondit sur un autre et s'arrêta finalement un peu plus loin.

Le choc fut si violent que Lori-Lune lâcha les barreaux, fit deux pirouettes et s'écrasa contre la paroi du vaisseau. Assommée, elle retomba sur le plancher, immobile.

La première fois que Lori-Lune reprit conscience, elle aperçut un homme à la peau bleue qui se penchait sur elle. Des sirènes résonnaient au loin. Elle eut l'impression qu'il la soulevait et la sortait de la navette. À l'extérieur, la lumière intense du soleil l'éblouit et l'étourdit. Elle perdit de nouveau connaissance.

8

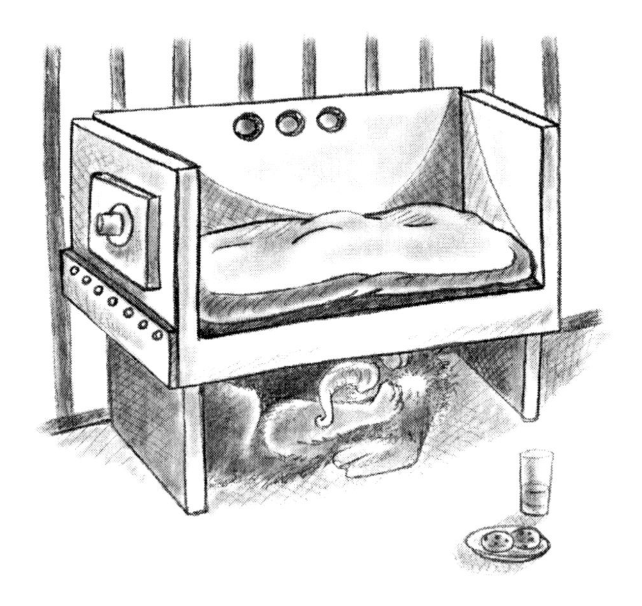

Prisonnière

Lori-Lune se réveilla péniblement. Elle ressentait des douleurs un peu partout sur son corps, comme si un bulldozer lui était passé dessus. Elle se souvint alors de l'accident et ouvrit les yeux. Elle ne se trouvait plus dans la navette. Allongée sur une banquette fixée directement à un mur, elle se mit à examiner l'endroit où on l'avait placée. Ça ressemblait à une petite cabine vide, mis à part la banquette. Un verre et un biscuit avaient été déposés directement sur le sol. Il n'y avait pas de porte, mais un large trou dans le mur, suffisamment grand pour que deux personnes puissent y passer en même temps. Cet espace permettait d'accéder à un corridor sombre.

Elle se leva, fit quelques pas, s'étira et se tâta.

— Bon, il semble que je n'ai rien de cassé ! Tant mieux.

Elle se pencha pour ramasser le verre et le biscuit et, à cet instant, elle remarqua le Kouzo, caché sous la banquette.

— Qu'est-ce que tu fais là ? N'aie pas peur, je ne te ferai aucun mal. As-tu faim ?

Elle lui offrit le biscuit, qu'il refusa en gémissant.

— C'est vrai, tu ne manges que des plantes. Alors, ce biscuit est pour moi.

Elle le mordit à belles dents et trouva qu'il avait un goût étrange. Ce n'était pas mauvais, mais pas très bon non plus. Le liquide contenu dans le verre ressemblait à un mélange de jus de bananes et de betteraves. La soif et la faim la tenaillant, elle avala le tout en grimaçant. C'était peu, mais tout de même mieux que rien. Elle se dirigea ensuite vers la sortie en disant :

— Viens, mon petit Kouzo ! Allons voir où se trouve Poly ! J'espère qu'il n'est pas blessé.

L'animal barrit bruyamment en secouant la tête et resta caché sous la banquette. Lori-Lune se tourna vers lui.

— Voyons, n'aie pas peur ! Poly ne te fera aucun mal. Je l'en empêcherai. Viens avec moi !

Le Kouzo se roula en boule, cachant sa tête sous ses pattes. La jeune fille haussa les épaules.

— D'accord, je ne te forcerai pas. Reste là si ça t'amuse. Moi, je sors !

Elle s'avança vers l'embrasure, mais au moment où elle allait traverser, une décharge électrique la rejeta en arrière. C'était si inattendu qu'elle faillit tomber à la renverse.

— Aïe ! s'écria-t-elle en se secouant pour chasser les picotements qui la parcouraient de la tête aux pieds. Mais… qu'est-ce que c'est que ça?

Le Kouzo barrit faiblement. Lui aussi, il avait tenté de sortir, et il n'était pas près d'oublier sa douloureuse expérience. Pour mieux comprendre ce qui l'empêchait de passer, Lori-Lune prit le verre et le lança vers l'extérieur. Lorsqu'il frappa le champ électromagnétique qui bloquait l'ouverture, des flammèches jaunes et bleues apparurent, puis disparurent aussitôt. Le verre rebondit à l'intérieur et l'adolescente l'attrapa avant qu'il ne tombe par terre.

— Saperlipopette! As-tu vu ça? demanda-t-elle en regardant le Kouzo. Il y a un mur électrique qui nous empêche de quitter la pièce. Ça veut dire… qu'on est prisonniers! Mais qui peut bien vouloir m'emprisonner? Et pourquoi?

Pour toute réponse à ses questions, elle entendit des pas dans le couloir. Craintive, elle recula jusqu'à la banquette. Le bruit des pas se rapprochait. La jeune fille pouvait percevoir des voix rauques discutant tout bas. Tremblante, les mains moites, elle vit enfin ceux qui la retenaient prisonnière: les pirates de l'espace ! Ceux-là même qui avaient tué les parents de Poly et qui le poursuivaient !

Complètement effrayée, Lori-Lune se laissa tomber sur la banquette. De son dos, elle appuyait fortement sur le mur, comme si elle souhaitait inconsciemment passer au travers. Les deux hommes et la femme à la peau bleue posaient sur elle un regard malveillant. La femme parla la première dans une langue incompréhensible pour la pauvre enfant. Rendue muette par la peur, Lori-Lune se contenta de hausser les épaules. Cela eut pour effet d'attiser la colère de la femme, qui l'enguirlanda de plus belle. L'un des deux hommes se mit de la partie et gronda lui aussi la jeune fille.

Lori-Lune ne savait quoi dire ni que faire. La peur la paralysait. Elle ne comprenait pas un mot à tout leur charabia. Elle ne voyait que leur colère inexplicable. Pourquoi s'en prenaient-ils à elle ? Elle ne leur avait rien fait. Ce n'était qu'un malentendu. Une erreur sur la personne ! Jamais elle n'aurait dû se retrouver ici, dans cette cellule, sur la Brimatie, à plus de quatre cents années-lumière de chez elle, abandonnée, loin de sa famille ! À cette pensée, ses yeux se remplirent de larmes. Elle serra les dents pour les retenir. Elle ne voulait pas pleurer devant ses geôliers.

Le deuxième homme, qui n'avait rien dit jusqu'à présent, l'observait attentivement. D'un geste de la main, il imposa le silence à ses deux compagnons. Puis, sur un ton autoritaire, il posa une question à l'adolescente en articulant lentement. Elle haussa de nouveau les épaules et murmura :

— Désolée, je ne comprends pas.

L'homme hocha la tête, tandis que la femme manifesta son mécontentement en tapant du pied et en criant. Les deux hommes tentèrent de la calmer, mais rien n'y fit. Elle pointait la prisonnière d'un doigt accusateur, tout en proférant des menaces. Soudainement, elle tourna les talons et repartit par où elle était venue. Le premier homme la suivit aussitôt. L'autre resta là, à examiner Lori-Lune. Au bout d'un moment, il se montra lui-même d'un geste de la main et dit :

— Zakishi !

Ensuite, il invita la jeune fille à dire quelque chose. Elle réfléchit, cherchant ce qu'il lui voulait. Il recommença de nouveau, en insistant sur le mot qu'il prononçait :

— Zakishi !

Elle saisit tout à coup qu'il lui disait son nom et lui demandait le sien.

— Lori-Lune, répondit-elle, d'une voix tremblante.

Songeur, il répéta le nom de l'adolescente. Un sourire erra sur ses lèvres et il hocha la tête à plusieurs reprises. Finalement, il salua Lori-Lune en penchant le haut de son corps vers l'avant et partit lui aussi.

Lori-Lune écouta les bruits de pas qui s'éloignaient. Lorsque tout fut redevenu silencieux, elle s'allongea sur la banquette pour mieux analyser la situation. Malgré son cœur qui battait la chamade, elle essaya de mettre de l'ordre dans ses idées. Ce Zakishi n'avait pas l'air aussi méchant que ses deux complices. Mais il était tout de même un pirate. Poly lui avait affirmé qu'ils avaient tué ses parents. Elle ne pouvait donc espérer aucune bonté de leur part. Elle devait rester sur ses gardes et tenter de s'échapper. Oui, mais comment ? Le mur électrique était une barrière infranchissable.

Elle se demandait aussi où Poly pouvait bien être. Avait-il été fait prisonnier tout comme elle? En considérant la question sous tous les angles, elle en vint à la conclusion qu'il avait dû s'échapper. Sinon, on les aurait mis tous les trois dans la même cellule, Poly, le Kouzo et elle-même. Pourquoi les aurait-on séparés? Il n'y avait aucune raison. À moins que… le jeune garçon ne soit mort! Lori-Lune se remit à trembler de peur. Bravement, elle tenta de chasser cette idée. Elle ne devait pas se laisser aller au découragement, mais plutôt penser positivement et croire que Poly était libre et qu'il pourrait l'aider à se sortir de ce mauvais pas.

Le temps s'écoula lentement. Lori-Lune était partagée entre la crainte de ne jamais revoir ses grands-mères et l'espoir de retourner chez elle. Dans sa tête, elle imaginait à la fois les pires et les meilleurs scénarios.

Plongée dans ses pensées, elle ne les entendit pas arriver. Elle se redressa d'un bond lorsqu'elle les aperçut dans le couloir: trois femmes! Elles avaient la

même allure que les grands-mères de Lori-Lune. Leur peau était claire, leurs yeux étaient couleur noisette et leurs cheveux grisonnants. Elles étaient vêtues de longues tuniques vertes. À leur ceinture pendait un petit sac rond en cuir.

À l'aide d'une manette, une des vieilles dames désactiva l'écran électromagnétique, ce qui leur permit d'entrer. Ensuite, elle réactiva l'écran, comme si elle refermait la porte derrière elles. Intimidée, Lori-Lune resta assise sur la banquette. Elle trouvait que cela faisait beaucoup de monde dans une cellule aussi petite.

Chacune leur tour, les dames se mirent à questionner Lori-Lune. Malheureusement, elles aussi parlaient une langue incompréhensible pour la jeune fille.

— Désolée, je ne comprends pas, répondait-elle chaque fois.

Les femmes se consultèrent, puis l'une d'elles sortit de son sac un petit médaillon noir. Elle le tapota légèrement, du bout du doigt. Ensuite, elle le passa au cou de Lori-Lune. Bizarrement, celle-ci eut l'impression de comprendre tout ce qu'on lui disait. Elle se rendait bien compte que ce n'était pas dans sa langue, mais elle pouvait saisir le sens des paroles prononcées.

— Qu'est-ce que c'est que ce truc? demanda-t-elle.

— Ce petit appareil est un traducteur universel. Il permet à la personne qui le porte de converser dans une autre langue sans avoir à l'apprendre.

Lori-Lune pensa aussitôt à la montre de Poly. Elle se souvenait qu'il l'avait actionnée pour pouvoir parler avec elle. Elle se sentit un peu rassurée, car maintenant, elle pouvait se faire comprendre.

— Écoutez, commença-t-elle, tout ceci est une grave erreur. Je ne devrais pas être ici, parce que...

— Tu es ici parce que les crimes dont tu es accusée sont très graves.

— Les crimes! Mais je n'ai commis aucun crime!

— Tu es accusée d'avoir enlevé un jeune Kénonien, d'avoir volé sa navette, de l'avoir conduite dangereusement et d'avoir tenté de tuer ce même Kénonien.

Lori-Lune ouvrit des yeux effarés. Elle bredouilla:

— Êtes-vous certaines de parler à la bonne personne? Moi, je suis prisonnière des pirates de l'espace parce que le Kouzo m'a fait monter dans sa soucoupe et que Poly n'était pas gentil avec lui, alors il voulait se sauver pour éviter d'être puni et aussi éviter les pirates qui étaient chez moi dans la forêt des Feux-Follets…

Les trois vieilles dames se regardèrent, perplexes. Ce que leur racontait cette enfant n'avait aucun sens. L'une d'elles leva la main et ordonna :

— Ça suffit ! Contente-toi de répondre à nos questions !

— Mais les pirates… Ils me gardent prisonnière ici et vous ne ferez rien pour me libérer…

— Il n'y a aucun pirate dans cet endroit. Tu es dans une des cellules de la Demeure du Bon Droit. C'est ici que tu seras jugée, et tu ne pourras en sortir que si tu prouves ton innocence.

— Il n'y a aucun pirate ? Vraiment ? Dans ce cas, qui sont ces gens que j'ai vus tout à l'heure et qui me criaient après ? Et vous, qui êtes-vous ?

— Nous sommes les gardiennes de la justice, de la paix et de l'harmonie. Nos noms importent peu. Quant à savoir qui t'a rendu visite avant nous, il nous faut consulter le registre d'inscription à l'accueil. Une de mes compagnes va vérifier à l'instant. En attendant, dis-nous qui tu es et où tu habites !

Tandis qu'une des femmes sortait de son sac un mini écran d'ordinateur afin de découvrir l'identité des visiteurs précédents, la jeune fille répondit :

— Je m'appelle Lori-Lune Hulotte et je viens de la Pointe-aux-Chouettes.

Les vieilles dames, étonnées, se mirent à chuchoter entre elles. Lori-Lune avait beau tendre l'oreille, elle ne saisissait pas un seul mot. Les femmes se tournèrent de nouveau vers elle et lui demandèrent de nommer ses ancêtres, afin de s'assurer qu'elle disait la vérité. Lori-Lune s'exécuta facilement :

— Je suis Lori-Lune, la fille d'Isabo, qui est la fille de Karol ou de Lorak. Je ne sais pas très bien laquelle est ma vraie grand-mère, mais ça n'a pas d'importance ; elles se ressemblent tellement ! Et mes deux grands-mères sont les filles de Jizelle, qui elle-même était la fille de Henriette. Et avant Henriette… je n'ai jamais su qui était sa mère, à elle.

Encore plus étonnées, les vieilles dames se remirent à chuchoter entre elles, mais cette fois, Lori-Lune pouvait entendre certains mots :

— Impossible... bleue... Kénonienne... Kiribatienne... famille... l'Élue...

Elles cessèrent brusquement de parler et examinèrent Lori-Lune.

— Tu affirmes être une descendante de la famille Hulotte ! Pourtant, les Hulotte sont des Kiribatiens et non des Kénoniens. Comment expliques-tu ça ?

— Euh... Je ne vois pas très bien ce que vous voulez dire, dit Lori-Lune, perplexe. Quelle est la différence entre un Kiribatien et un Kénonien ?

— Mais tout le monde sait cela, voyons donc ! s'exclama une des vieilles dames. Les Kénoniens ont la peau bleue, tandis que nous, nous sommes des Kiribatiennes. Les Kénoniens occupent des postes dans l'armée, dans l'aviation ou au gouvernement. Les Kiribatiens sont des scientifiques, des gardiens du savoir ou des enseignants. Il y a aussi les Kouzos, mais eux, ils sont préposés aux tâches plus matérielles, plus terre à terre, comme le ménage ou la préparation des repas.

— Oh ! je vois ! C'est que, sur la planète Terre d'où je viens, je suis la seule personne à avoir la peau bleue et les cheveux mauves. Et jamais on ne m'a dit que j'étais une Kénonienne. Je suis juste Lori-Lune, Lori-Lune Hulotte. C'est la première fois que je viens ici et je ne connais rien à vos coutumes. En vérité, tout cela est tellement nouveau pour moi que je me sens un peu perdue. Je dirais même que je suis perdue à l'autre bout du monde. Tout ce que je désire, c'est retourner vivre avec mes grands-mères. Est-ce que vous pouvez me ramener chez moi ?

— C'est possible, mais avant, tu dois nous dire toute la vérité.

Lori-Lune accepta aussitôt et se mit à raconter tout ce qu'elle savait sur sa famille et sur sa vie sur Terre. Puis, elle leur fit le récit de sa rencontre avec Poly et de tout ce qui s'ensuivit. Les vieilles dames hochaient la tête, fronçaient les sourcils, ouvraient des yeux surpris et se faisaient parfois des commentaires à mi-voix. Quand la jeune fille eut terminé, elles réfléchirent longuement et se consultèrent en chuchotant ; puis, elles annoncèrent :

— Nous allons t'aider. Il est évident que tu es la victime d'une terrible méprise.

Je tiens d'abord à te rassurer : ce ne sont pas des pirates qui sont venus te rendre visite. Selon le registre de l'accueil, il s'agissait des parents et de l'oncle de Poly Shinel.

— Mais... je croyais que ses parents étaient morts ! Poly m'a affirmé qu'ils avaient été tués par...

— Nous ignorons ce que Poly a pu te raconter. Mais pour l'instant, il vaudrait mieux que tu viennes avec nous. Nous allons te sortir d'ici.

— Oh ! merci, merci ! s'écria Lori-Lune, toute heureuse de retrouver sa liberté. Et le pauvre petit Kouzo, vous ne pouvez pas le laisser dans cette cellule. Ce n'est pas un criminel.

D'abord hésitantes, les femmes finirent par accepter que Lori-Lune emmène le Kouzo avec elle. Juste avant de désactiver le champ électromagnétique, elles lui recommandèrent de garder le silence et de ne pas s'éloigner d'elles.

— Promis ! Et je vais garder un œil sur le Kouzo.

Elle saisit l'animal par une patte et suivit les gardiennes dans un dédale de couloirs sombres. On aurait dit un labyrinthe sans issue. Plus le groupe avançait, plus le Kouzo ralentissait. Il semblait épuisé et Lori-Lune devait le traîner derrière elle. Tandis que les vieilles dames marchaient rapidement, Lori-Lune devait parfois courir pour les rattraper. Elle décida donc de porter le Kouzo, afin de mieux suivre la cadence. Elle se retourna et le prit dans ses bras. Il était beaucoup plus lourd qu'elle ne l'avait cru. Elle se remit à marcher, loin derrière les femmes. Le poids du Kouzo ne lui permettait pas de se déplacer aussi rapidement qu'elle l'aurait voulu. Essoufflée et fatiguée, elle s'adossa au mur et cria :

— Attendez-moi ! Je n'y arrive pas !

Les vieilles dames pivotèrent vers elle, le doigt sur la bouche pour lui imposer le silence. Saisies d'horreur, elles lui firent de grands signes pour qu'elle vienne les rejoindre au pas de course. Lori-Lune demeura immobile, ne comprenant pas pourquoi les gardiennes semblaient si inquiètes. Elle entendit un léger craquement derrière elle. Puis elle sentit le mur sur lequel elle s'appuyait s'ouvrir subitement et elle tomba à la renverse. Le mur se referma aussi vite.

9

Kidnappée

Allongée sur le sol, écrasée sous le poids du Kouzo qu'elle tenait toujours dans ses bras, elle n'aperçut d'abord que la mère de Poly. La femme se penchait vers elle, le doigt tendu, grognant des accusations :

— Espèce de voleuse d'enfants! Qu'as-tu fait de mon petit Poly? Où l'as-tu caché? Dis-le-moi, sinon...

— Calme-toi, Galiko! fit une voix d'homme.

Lori-Lune tourna le regard et vit Zakishi s'approchant de la femme pour la retenir.

— Cette enfant ne comprend rien à notre langue, continua-t-il. Ça ne sert à rien de crier après elle. Appelle plutôt ton mari. Dis-lui que nous avons la fille et qu'il vienne nous rejoindre à la sortie du souterrain. Dis-lui aussi qu'il apporte un traducteur universel. On pourra alors faire la conversation avec la petite.

Lori-Lune eut l'intuition qu'il serait peut-être préférable de leur laisser croire qu'elle ne pouvait pas les comprendre. Elle glissa sa main sous le Kouzo, saisit le médaillon que lui avaient offert les gardiennes et le cacha rapidement sous son chandail. Ainsi, elle pourrait apprendre des choses sans avoir à répondre à leurs questions.

Zakishi l'aida à se relever. Ses gestes étaient brusques, mais sans violence. Pourtant, le Kouzo, pris de peur, se roula en boule, gémissant et tremblant. De son côté, Galiko, la mère de Poly, semblait s'être calmée. Elle chuchotait dans un tout petit appareil de télécommunication épinglé à sa veste :

— Dumak, est-ce que tu es à l'écoute ?

La voix de son mari leur parvint aussi clairement que s'il avait été tout près d'eux :

— Qu'y a-t-il, Galiko ? Avez-vous des ennuis ?

— Non, au contraire ! Comme l'avait prévu mon frère, les gardiennes ont sorti la fille de sa cellule, probablement pour aller la soumettre au détecteur de mensonges. Nous les attendions au niveau 4B36. Le plan s'est déroulé à merveille. La petite s'était éloignée des gardiennes. On n'a eu qu'à ouvrir un panneau et elle est tombée entre nos mains. Attends-nous en bas, nous te l'amenons.

— Bravo ! s'exclama Dumak. C'est une chance que tu travailles à la Demeure du Bon Droit. Tu en connais tous les recoins et tous les passages interdits au public. De mon côté, afin de quitter les lieux en catimini, j'ai préparé la navette qui sert à transporter les prisonniers. À tout de suite.

Lori-Lune se mordit les lèvres pour ne pas crier que les voleurs d'enfants c'étaient eux, et non elle. Mais elle se retint juste à temps, évitant ainsi de dévoiler qu'elle comprenait leur langue. Au même moment, elle entendit les gardiennes qui l'appelaient et qui frappaient des coups de l'autre côté du mur. Zakishi plaqua aussitôt une main sur la bouche de la jeune fille, afin de l'empêcher de répondre. Galiko courut à l'autre bout de la pièce et ouvrit une porte.

— Vite, par ici !

Son complice la rejoignit, entraînant avec lui Lori-Lune et le Kouzo. Ils entrèrent tous dans ce qui ressemblait à une cage d'ascenseur. La femme appuya sur un bouton et la cage descendit. Quelques secondes plus tard, l'ascenseur s'arrêta, et la porte s'ouvrit sur un long corridor au sous-sol de l'immeuble. Ça sentait l'humidité et la poussière. Galiko sortit au pas de course. Zakishi la suivit rapidement, poussant l'adolescente et le Kouzo devant lui. À l'autre extrémité du couloir, Dumak les attendait, installé au volant d'un véhicule étrange. On aurait dit un minibus sans roues. Quand tout le monde fut assis à l'intérieur, Dumak démarra. Le minibus se souleva de terre et plana à moins d'un mètre du sol.

L'homme actionna une commande, et le mur qui se dressait devant eux bascula pour les laisser passer. Le véhicule emprunta cette sortie et se retrouva à l'extérieur, entre deux hautes bâtisses. L'engin s'éleva subitement au-dessus des toits et partit en flèche vers une destination inconnue de Lori-Lune.

Quand Dumak jugea qu'ils étaient suffisamment loin, il mit en marche le pilotage automatique et se tourna vers sa femme.

— Galiko, sous ton siège, il y a un traducteur universel. Donne-le à la petite qu'on puisse l'interroger.

— Non, pas tout de suite, objecta Zakishi.

— Pourquoi attendre? demanda Galiko. Il faut au contraire la questionner immédiatement. Mon pauvre petit Poly court sûrement un grave danger. Il faut aller à sa rescousse au plus vite.

Zakishi soupira en secouant la tête:

— Ma chère sœur, je ne crois pas que la vie de mon neveu soit en péril. Nous le retrouverons bien assez tôt. Je veux auparavant m'entretenir avec vous sans que cette fille nous comprenne.

Galiko, qui n'était pas d'accord avec son frère, refusa, mais Dumak, plus conciliant, accepta.

— D'accord, je te donne cinq minutes. Ensuite, j'interrogerai personnellement la petite.

— Fais attention, Dumak, cette fille a beaucoup de valeur. Il ne faudrait surtout pas l'abîmer. Je comprends votre inquiétude pour Poly, mais armez-vous de patience! Si elle est bien celle que je pense, notre avenir en sera transformé.

Lori-Lune, qui ne perdait pas un mot de la conversation, se serra contre le Kouzo, cachant à demi son visage dans la douce fourrure orangée. Cela lui permettait de ne pas laisser voir ses réactions. Elle ne voulait surtout pas que ses ravisseurs se rendent compte qu'elle les comprenait.

— Ce voyage à l'autre bout de l'univers était une perte de temps, critiqua Galiko. Non seulement nous n'avons pas trouvé ce que nous cherchions, mais de plus, nous avons perdu Poly.

— Nous n'avons pas perdu Poly, il s'est enfui, répliqua Zakishi. Tu le sais aussi bien que moi : il était en colère et il a quitté le vaisseau spatial sans nous prévenir.

— Ce n'est pas mon fils, mais ce Kouzo qui s'est enfui en volant une des navettes, rétorqua la femme.

— C'est assez compréhensible, il avait peur de se faire battre par Poly, reprit Zakishi. Mais l'important n'est pas de savoir qui du Kouzo ou de ton fils a quitté le premier notre vaisseau. Ce qui compte, c'est que leur fugue nous a menés tout droit vers celle que nous recherchions.

Il se tait et pose son regard sur Lori-Lune. Elle se serre davantage contre le Kouzo. Si elle comprend bien ce que l'homme vient de dire, ces gens étaient à sa recherche. Mais pourquoi ? Comment des habitants d'une planète se trouvant à plus de quatre cents années-lumière de chez elle pourraient-ils la connaître et souhaiter la capturer ?

— Tout ça ne nous ramène pas notre fils, rétorqua Galiko. C'est tout ce qui m'intéresse, moi. Tes histoires d'Être élu et de transformation du monde ne sont que des légendes pour rêveurs.

— Non, c'est la réalité ! se fâcha Zakishi, en serrant les poings. Le premier qui osera toucher à cette fille aura affaire à moi !

Galiko se renfonça dans son siège et Dumak sursauta. Ils avaient rarement vu leur compagnon aussi en colère contre eux.

— Je sais mieux que personne tout ce qui concerne l'Élue, poursuivit Zakishi, en baissant le ton. Selon les prophéties, les signes annonciateurs de son arrivée ont commencé à apparaître. Plusieurs astres sont déjà alignés dans la bonne position. Nos lunes se regroupent. Notre soleil brille avec plus d'ardeur. Beaucoup de grandes sécheresses ont eu lieu, au cours des douze dernières années.

— Peut-être bien, admit Dumak. Tout cela est plutôt troublant, mais le plus important ne s'est encore jamais produit.

Galiko abonda dans le sens de son mari :

— En effet, si un enfant était né d'une relation entre Kénonien et Kiribatien, cela se saurait. Tout le monde en aurait entendu parler. Tu sais que c'est impossible : nos systèmes reproducteurs ne sont pas compatibles.

— Impossible pour tous, sauf pour l'Élue ! Celle qui naîtra d'un Kénonien et d'une Kiribatienne sera la...

Un vacarme assourdissant l'interrompit. Le minibus spatial s'agita de gauche à droite. Dumak se remit aussitôt aux commandes. Par la fenêtre, Lori-Lune pouvait voir qu'ils avaient dépassé les dernières maisons depuis longtemps et qu'ils s'apprêtaient à survoler une chaîne de montagnes, loin de la ville.

— On vient d'entrer dans une zone de turbulences, annonça Dumak. On dirait que mes instruments de navigation sont détraqués. Ils ne répondent plus. Je ne comprends pas pourquoi. Accrochez-vous, je vais tenter de nous poser en douceur.

Zakishi se hâta d'attacher le harnais de sécurité de Lori-Lune ainsi que celui du Kouzo ; puis il alla s'asseoir auprès de Dumak pour l'aider dans cette difficile manœuvre d'atterrissage. L'appareil perdait rapidement de l'altitude. À la toute dernière minute, il se redressa un peu, de sorte que le derrière du minibus toucha le sol en premier. Il rebondit violemment, glissa en soulevant des nuages de poussière et s'arrêta finalement lorsqu'il heurta le flanc d'une montagne.

10

De mal en pis

Lori-Lune constata avec soulagement qu'elle venait de survivre à son deuxième accident d'engin spatial en moins de vingt-quatre heures. Vraiment, la vie n'était pas de tout repos, sur Brimatie ! À ses côtés, le Kouzo tremblait et gémissait faiblement, mais il était bien vivant et en bonne forme. Les adultes, par contre, semblaient plus amochés. Le devant du minibus s'étant écrasé contre une paroi rocheuse, Dumak et Zakishi se trouvaient coincés sous le tableau de bord. Galiko s'était frappé la tête sur le dossier devant elle et avait perdu connaissance.

Sans hésiter, Lori-Lune en profita pour s'échapper. Elle détacha son harnais et celui du Kouzo, puis, par une fenêtre cassée, tous les deux sortirent de la navette. Le Kouzo se mit à courir en longeant la paroi rocheuse. Ne sachant pas où aller, la jeune fille lui emboîta le pas. L'instinct de survie du petit animal les mènerait sûrement vers une bonne cachette. Pendant de longues minutes, ils enjambèrent des amas de pierres, descendirent dans des crevasses et escaladèrent des rochers. Plus agile que l'adolescente, le Kouzo s'arrêtait souvent pour l'attendre et lui faisait des signes de la patte pour l'encourager à le suivre. Ils arrivèrent finalement à l'entrée d'une grotte. Devant l'embouchure de la caverne, le Kouzo sautait sur place et poussait des barrissements de joie, excité et heureux de s'être rendu là.

C'est alors que la jeune fille vit apparaître, sortant de la grotte, un autre Kouzo, puis un autre, et un autre, et encore un autre ; finalement, elle se trouva entourée d'une vingtaine de Kouzos. Leur fourrure était de différentes couleurs : orange, jaune, verte, rouge... Ils étaient tous à peu près de la même taille, c'est-à-dire un peu plus petits que Lori-Lune. À les voir gambader ainsi autour du premier Kouzo, ils avaient l'air de fêter le retour d'un des leurs. La façon dont ils barrissaient donnait vraiment l'impression qu'ils se parlaient entre eux et qu'ils se comprenaient.

Soudain, l'un d'eux émit un cri rauque et tous firent silence. D'où ils étaient, ils ne pouvaient apercevoir la navette des Kénoniens, mais ils entendaient clairement le bruit de son moteur. Pris de peur, les Kouzos se précipitèrent à l'intérieur de la petite caverne sombre et froide, entraînant Lori-Lune avec eux. L'un après l'autre, ils coururent vers le mur du fond, où ils disparurent un à un dans le sol. La jeune fille ne comprit que lorsqu'elle fut à côté d'un trou juste assez grand pour laisser passer un enfant. Réprimant ses craintes, elle fit comme les Kouzos et se faufila dans cette ouverture. Elle se retrouva assise sur une glissoire rocheuse et descendit à toute vitesse jusqu'à un tunnel souterrain.

Son petit ami Kouzo, qui l'attendait au pied de la glissoire, lui fit un signe de la main pour l'encourager à le suivre. Ils marchèrent longtemps, durent à l'occasion avancer à quatre pattes et même ramper là où le tunnel devenait trop étroit. Totalement désorientée, Lori-Lune ne savait trop s'ils s'enfonçaient dans le sol ou remontaient vers la surface. Elle se sentait prise entre ces murs de pierre humide, elle avait froid et commençait à grelotter ; de plus, elle était fatiguée de se sauver continuellement. Où l'emmenait-on ainsi ?

La réponse à sa question ne tarda pas. Au détour du tunnel, elle aperçut une vive lumière. Elle fit encore quelques pas et déboucha à l'extérieur, en plein soleil. Il lui fallut un peu de temps pour que ses yeux s'adaptent à cette clarté soudaine. Et ce qu'elle vit alors la laissa bouche bée. Dans une clairière entourée de hautes montagnes, les Kouzos avaient bâti un joli village. Les murs des maisonnettes étaient faits de troncs d'arbres et les toits étaient recouverts de gazon. Certaines étaient construites directement sur le flanc des montagnes, d'autres étaient juchées dans de gros arbres. Des jardins potagers et des vergers entouraient les demeures. Pour un peu, Lori-Lune se serait crue dans un conte de fées.

Sans lui laisser le loisir d'admirer davantage les lieux, les Kouzos se mirent à la pousser et à la tirer pour l'emmener vers la plus grosse maison, située au centre du village. Un comité d'accueil y attendait l'adolescente. Plusieurs Kouzos portant une cape ornée de plumes et de billes multicolores firent un cercle autour d'elle, l'isolant ainsi du reste des villageois. Ils la regardaient, la pointaient de leur trompe et barrissaient comme s'ils l'acclamaient.

— Euh... je ne sais pas ce que vous voulez. Je ne comprends pas votre... langage.

L'un des Kouzos, plus richement décoré que les autres, s'approcha d'elle et la salua :

— Bonjour à toi, ô l'Élue parmi tous ! Je suis Gourol, le grand chef des Kouzos. Sois la bienvenue dans notre modeste cité !

Tous les Kouzos se courbèrent pour lui rendre hommage.

— Ça alors ! Vous êtes capables de parler la langue des Kénoniens, s'étonna Lori-Lune.

— Comme tous les habitants de cette planète, nous connaissons le brimatien, expliqua Gourol. Cependant nous utilisons très peu cette langue qui n'est pas la nôtre, car nous craignons les Kénoniens et les Kiribatiens. Ils nous considèrent comme inférieurs à eux, alors nous évitons de leur parler. Mais avec toi, honorable grande Élue, c'est différent. Te savoir parmi nous est une telle joie !

Mal à l'aise, Lori-Lune se demandait si elle devait entrer dans le jeu et se faire passer pour cette fameuse Élue ou si, au contraire, elle devait plutôt mettre les choses au clair.

— Je... je vous remercie beaucoup. Vous êtes tous très gentils, mais... je ne suis pas certaine d'être la bonne personne. Avant aujourd'hui, jamais on ne m'avait parlé de l'Être élu, ni même des Kiribatiens, des Kénoniens, des Kouzos, ou de la Brimatie. Tout ce que je sais, c'est que je m'ennuie de mes grands-mères et que j'aimerais bien retourner chez moi.

Autour d'elle, les Kouzos s'agitèrent, murmurant d'abord, puis parlant de plus en plus fort. Lori-Lune se dit qu'elle avait peut-être choisi la mauvaise option. Elle aurait mieux fait d'accepter de passer pour l'Élue, quitte à s'enfuir plus tard. Le chef des Kouzos leva la main pour exiger le silence.

— Ce que tu crois importe peu. Tu es l'Élue, même si tu ne le sais pas encore! En demeurant avec nous, tu nous procureras la protection suprême. Tous les bienfaits de l'Élue retomberont sur nous et non sur les autres peuples. Et un jour, enfin, on cessera de nous traiter comme des animaux sans cervelle.

À ces mots, les villageois lancèrent des cris de joie et se mirent à danser et à chanter. Décontenancée, Lori-Lune les regardait s'amuser comme des enfants. Elle se rendait bien compte que rien ne pourrait les faire changer d'avis à son égard. Si elle souhaitait réellement partir d'ici, il lui faudrait d'abord obtenir la confiance de ces… gens. Elle n'osait plus les traiter d'animaux, puisqu'ils pensaient et agissaient comme le faisaient les êtres humains.

— Veuillez pardonner mon ignorance, dit-elle quand le calme fut rétabli, mais où j'ai été élevée, on ne m'a rien appris à ce propos. Je...

Le petit Kouzo qui l'avait entraînée dans toute cette histoire l'interrompit en criant :

— J'affirme que cette fille est bien l'Élue que nous attendions tous !

Il s'avança au centre du cercle afin d'être vu par tous ses compatriotes et il poursuivit :

— Je suis personnellement allé la chercher sur une planète lointaine. J'ai risqué ma vie en me faisant passer pour un serviteur de ces horribles Kénoniens qui voulaient capturer l'Élue. Je l'ai retrouvée avant eux et j'ai réussi à l'emmener sur mon vaisseau. Malheureusement, le plus jeune des Kénoniens nous a rattrapés et nous a faits prisonniers.

Le chef approuva :

— Tout ce que dit notre brave guerrier Gald est vrai. Nous le félicitons pour son courage et son dévouement.

Tandis que les Kouzos applaudissaient et criaient des bravos et des hourras, Lori-Lune murmura :

— Mince alors, c'est un véritable complot ! Tout le monde voulait m'enlever !

Le chef fit un geste de la main et les Kouzos firent de nouveau silence. Puis, il s'adressa à Gald :

— Nous avons bien reçu tes messages indiquant la position de la navette du jeune Kénonien. Lorsque vous êtes arrivés à proximité de la cité, nous avons aussitôt envoyé un petit vaisseau à ta rescousse. Nous avons poursuivi le Kénonien jusqu'à ce qu'il s'écrase au sol. Malheureusement, nous n'avons pas eu le temps de vous récupérer, toi ainsi que l'Élue. Les gardes de sécurité kénoniens sont arrivés trop vite. Nous ne pouvions rien faire pour les empêcher de vous emmener avec eux. C'est pour cette raison que vous vous êtes retrouvés dans une cellule de la Demeure du Bon Droit. Mais, grâce à l'émetteur que tu avais caché sur toi, nous pouvions entendre et savoir ce qui se passait là-bas.

Lori-Lune regarda Gald d'un autre œil. Ce Kouzo n'était pas seulement intelligent et habile à conduire un vaisseau : il était aussi un espion rusé, chargé de la kidnapper et de la ramener dans ce village.

— Tu parles d'une petite bête sans défense ! bougonna-t-elle. Et moi qui le plaignais ! Quand je pense que je lui faisais confiance...

— Cher Gald, dit encore le chef, tu as réussi à soustraire l'Élue des mains des Kénoniens et des Kiribatiens. Nul doute que les gardiennes de la justice, de la paix et de l'harmonie désiraient garder cette fille pour elles. Tout comme cette famille de Kénoniens qui souhaitait l'utiliser pour je ne sais quelle obscure raison. Mais, seul contre tous ces adversaires, tu es parvenu à la ramener vers nous. Le bouclier de turbulences qui entoure nos montagnes empêchera nos ennemis de venir la reprendre.

Une véritable ovation accueillit ces paroles. Tout le monde débordait d'allégresse ; tout le monde, sauf Lori-Lune.

— Autrement dit, marmonna-t-elle, je ne suis pas sortie du bois ! Maintenant, ce sont eux qui me retiennent prisonnière.

— Mon cher Gald, ajouta le chef, en guise de remerciement, nous avons un cadeau pour toi. Emmenez le prisonnier !

La foule se sépara en deux pour laisser passer deux gardes traînant un jeune Kénonien qui vociférait, furieux d'être enchaîné. Lori-Lune n'eut aucun mal à reconnaître Poly. Les gardes le maintenaient solidement, car le garçon gigotait dans tous les sens. Le chef expliqua :

— Nous l'avons capturé sur les lieux de l'accident de la navette. Il gisait, inconscient, à côté de son vaisseau. J'ai cru que tu aimerais l'avoir.

— Voilà qui est très généreux de ta part, ô grand chef ! répondit Gald. En devenant à son tour mon serviteur, il recevrait le châtiment auquel il a droit. Néanmoins, pour ma part, je ne mérite pas une telle récompense. C'est beaucoup trop. Aucun Kouzo ne possède de serviteurs, je n'en ai nul besoin. Par contre, je suggère de l'offrir à l'Élue. Son statut privilégié lui permet d'avoir quelqu'un à son service.

Lori-Lune ouvrit de grands yeux surpris. Elle avait envie de crier : « Non merci, je n'en veux pas ! Je connais suffisamment Poly pour affirmer qu'il ne sait rien faire de ses dix doigts. Il est paresseux, colérique, impatient et, surtout, aucunement serviable. »

Mais personne ne lui laissa le temps de donner son opinion. Les Kouzos lançaient des cris de joie, dansaient et chantaient à tue-tête. Puis, ils entraînèrent Lori-Lune et Poly vers une des montagnes.

— Voici votre nouvelle demeure ! annonça le chef en pointant de sa trompe une maisonnette construite à même la paroi rocheuse, à plus de vingt mètres au-dessus du sol.

— Là-haut ! s'exclama la jeune fille. Mais comment vais-je m'y rendre ? Il n'y a pas d'escalier ni d'échelle !

— Mais en utilisant la nacelle, voyons donc ! expliqua Gald.

Il lui montra un gros panier, assez grand pour contenir trois ou quatre personnes, relié par un solide câble à une poulie tout en haut de la paroi. Il invita Lori-Lune à prendre place dans la nacelle. Ensuite, sans ménagement, il poussa Poly à l'intérieur. Les Kouzos se hâtèrent alors de tirer sur l'extrémité du câble, et le panier s'éleva lentement dans les airs, jusqu'à l'entrée de la petite maison. Là, une vieille dame kouzo les attendait sur le balcon, devant la porte.

— Sois la bienvenue ! dit-elle en saluant Lori-Lune. Je suis Goulok, ton guide. Je me réjouis de te servir à nouveau. Ta chambre est telle que tu l'as laissée.

— Je... je ne comprends pas. Vous devez vous tromper, c'est la première fois que je viens ici.

Goulok pencha la tête sur le côté et sembla sourire. Pour toute explication, elle l'invita à passer à table. Un repas allait lui être servi. Poly, toujours aussi impoli, s'exclama qu'il était temps, car il mourait de faim. Le sourire de la Kouzo disparut et elle réprimanda le jeune Kénonien :

— Gare à toi, petit impudent ! Tu n'es qu'un vil serviteur. Si tu l'oublies, les gardes se chargeront de toi.

Au même instant, deux Kouzos plutôt costauds sortirent de la maison et forcèrent Poly à s'agenouiller et à demander pardon. Lori-Lune ne savait trop si elle devait se réjouir ou s'inquiéter de la présence de ces gardes. Ils lui seraient certainement utiles pour contrôler les mauvaises manières de Poly, mais ils avaient peut-être pour tâche de la surveiller de près.

11

Chez moi

Affamée, Lori-Lune avait dévoré tous les fruits et les légumes qu'on lui avait servis. Elle ne connaissait aucun de ces aliments, mais elle avait l'impression d'y avoir déjà goûté. Assis par terre dans un coin, Poly avait dû se contenter d'une poignée de graines et de noix. Contenant mal sa colère, il bougonnait à voix basse, car les gardes le surveillaient étroitement. Lori-Lune avait demandé qu'on ne lui fasse aucun mal, mais qu'on se contente de l'isoler.

Une fois rassasiée, elle prit le temps d'examiner cette curieuse maison où on la retenait prisonnière. Les murs, tout comme les planchers, étaient creusés à même le rocher et recouverts de tapis épais ou de lourdes tapisseries en tissus. D'étranges pierres lumineuses éclairaient les lieux.

— Désires-tu autre chose ? s'informa Goulok, sur un ton aimable.

— Ce que j'aimerais vraiment, répondit Lori-Lune, je ne crois pas que vous puissiez me le donner.

— Demande toujours, et je verrai ce que je peux faire pour accomplir ton souhait.

— Je souhaiterais... être libre et retourner auprès de mes grands-mères. Non, ce que je désire réellement, c'est retrouver ma mère, enfin... si elle est encore vivante.

— Oh ! Voilà un souhait bien particulier, mais pas nécessairement impossible à exaucer !

Lori-Lune secoua la tête et dit :

— Ne vous moquez pas de moi ! Je sais que ça n'arrivera jamais. Mes grands-mères sont bien gentilles et c'est pour cela qu'elles m'ont toujours caché la vérité. Ma mère est morte, c'est certain. Sinon, elle ne m'aurait pas abandonnée pendant aussi longtemps.

— Qui te dit qu'elle t'a abandonnée ? Elle avait peut-être une raison majeure l'empêchant de s'occuper de son enfant.

La jeune fille fixa la vieille Kouzo. En l'accueillant, cette dame avait dit qu'elle était son guide. Mais vers quoi devait-elle la guider ? Ou plutôt, vers *qui* ?

— Avez-vous déjà rencontré ma mère ? demanda Lori-Lune en reprenant espoir.

— Bien sûr ! Et à plusieurs reprises.

— Vous l'avez vue dernièrement ? Où est-elle ?

Pour toute réponse, Goulok la conduisit dans la pièce voisine.

— Voici ta chambre ! annonça-t-elle.

— Ma... ma chambre ?

Pour tout meuble, il n'y avait qu'un petit lit et un coffre. Un trou percé à même une paroi servait de fenêtre. Sur un autre mur, une tapisserie représentait la carte du ciel, avec ses étoiles et ses constellations. Lori-Lune s'approcha du coffre et l'ouvrit avec précaution. Elle n'y vit d'abord que des vêtements de bébé, des jouets en bois et des toutous en peluche. En y regardant de plus près, elle aperçut, sous les vêtements, la reliure bleu pâle d'un gros livre. Intriguée, elle le prit dans ses mains. Sur la couverture rigide, le titre était écrit en lettres rouges : « *Mes premiers pas dans la vie* ».

Debout derrière elle, Goulok lui murmura :

— Ceci est un album de famille, celui que ta mère a préparé à ton intention. Maintenant, il t'appartient ; à toi de découvrir d'où tu viens. Ensuite, je répondrai à tes questions, si je connais les réponses, bien sûr.

La Kouzo quitta la chambre, laissant Lori-Lune seule avec son passé. La jeune fille s'installa sur le lit et ouvrit l'album. À la première page, il y avait son arbre généalogique avec les photographies de ses ancêtres, qu'elle identifia facilement. Grand-mères Karol et Lorak en possédaient de semblables dans un vieil album que Lori-Lune s'amusait parfois à feuil-

leter. Toute son attention se concentra sur l'image de sa mère. Était-elle encore vivante ? Et si oui, où se trouvait-elle ? Lori-Lune songea tristement que le monde était si vaste qu'elle n'avait que peu de chances de la retrouver.

Elle fut déçue de constater qu'à l'endroit où la photo de son père aurait dû apparaître, il y avait un espace vide. Sur la page suivante, sa propre vie débutait, petit poupon bleu grimaçant. Ensuite, on y avait consigné des informations sur ses premiers pas, sa première dent, son premier sourire et sur tous ces petits gestes que pose un enfant pour la première fois de sa vie. D'une certaine manière, cela prouvait que sa mère aimait beaucoup sa petite fille et prenait le temps d'inscrire ces détails afin d'en conserver le souvenir. C'était extrêmement touchant, mais cela ne renseignait pas beaucoup Lori-Lune sur les raisons pour lesquelles tout le monde voyait en elle l'Élue. Pourtant, Goulok lui avait affirmé qu'elle découvrirait le secret de sa naissance dans ce livre.

Lori-Lune relut les pages avec plus d'attention. Toutes les inscriptions remontaient à sa petite enfance, avant qu'elle n'atteigne l'âge de trois ans. Là, les annotations cessaient subitement. Par la suite, il y avait des dessins étranges, des signes qu'elle ne comprenait pas. Elle avait d'abord cru qu'il s'agissait de gribouillages enfantins mais, en les examinant de plus près, elle se rendit compte qu'il s'agissait plutôt d'une forme d'écriture. Malheureusement, elle ne parvint pas à déchiffrer ces lettres.

Finalement, à la dernière page, une enveloppe avait été collée à l'intérieur de la couverture. Lori-Lune dut la déchirer pour l'ouvrir et en retirer l'objet qu'elle contenait. C'était un joli miroir orné de dessins d'étoiles et de lunes, dans un mince cadre noir garni de dorures.

Était-ce là le seul souvenir que sa mère lui léguait ? Lori-Lune s'attendait à davantage. Au moins à des explications ! Déçue, elle inséra le miroir entre deux pages et ferma le livre, avant de retourner dans l'autre pièce. Elle aperçut Poly, qui s'était endormi, couché directement sur le sol. Dehors, sur le balcon, les deux Kouzos montaient la garde.

— Goulok ! Où êtes-vous ? appela-t-elle à voix basse, afin de ne pas réveiller Poly.

Une des tapisseries recouvrant le mur du fond bougea pour laisser passer la vieille dame kouzo. Lori-Lune s'approcha aussitôt d'elle et lui montra le livre.

— Ce qui est écrit là ne m'avance à rien, dit-elle en chuchotant. Ce ne sont que des faits et gestes ordinaires de mon enfance. Ça ne me dit pas pourquoi je suis ici. S'il vous plaît, expliquez-moi! Pourquoi est-ce que je suis bleue comme les Kénoniens? Est-ce que je suis née sur cette planète? Qui est vraiment ma mère? Que fait-elle loin de moi? Et mon père, qui est-il? Comment se fait-il que ce livre se trouve dans le village des Kouzos?

Plus elle posait des questions, plus le ton de sa voix montait et plus ses yeux se remplissaient de larmes.

— Tout doux, tout doux, chère enfant! murmura Goulok. Viens, je vais répondre à tes questions; enfin, à celles dont j'ai la réponse.

Elle entraîna Lori-Lune derrière la tapisserie, dans une grande salle qui lui servait à la fois de chambre, de salon et de bureau. Les étagères étaient remplies de livres et de bibelots. Sur la table de travail s'empilaient des papiers et des cahiers. On y trouvait même un écran semblable à celui d'un ordinateur.

— C'est ici que ta mère a habité durant de nombreuses années. Lorsqu'elle est partie, elle m'a ordonné de veiller sur ses choses et d'en faire bon usage. Peu de Kouzos savent lire et écrire ou utiliser les technologies modernes.

J'ai appris tout ce que je sais à mon fils, Gald. Cela lui a été fort utile pour aller te secourir.

— Me secourir ! Mais je n'étais pas en danger, puisque je vivais avec mes grands-mères.

— Le danger venait des Kénoniens qui voulaient te capturer. Toutes seules, tes grands-mères n'auraient pas pu les en empêcher. Ta cachette avait été mise au jour, tu n'y étais plus en sécurité. Il fallait t'emmener ailleurs. Ici, tu n'as plus rien à craindre.

— Est-ce que mes grands-mères savent que je suis ici ?

— Oui, je les ai prévenues. Elles viendront bientôt te rejoindre.

— Mais comment le pourraient-elles ? Elles n'ont pas de vaisseau spatial...

Goulok se mit à rire.

— Mais bien sûr que si, elles en ont un ! Je vois que tu ne sais pas grand-chose de ta famille. Allez, laisse-moi te raconter. Assieds-toi, ça risque d'être long.

Lori-Lune s'installa confortablement dans un fauteuil et Goulok prit place tout près d'elle. La vieille dame réfléchit un instant. Par où devait-elle commencer? Il y avait tant à expliquer...

— Tu viens d'une noble famille: les Hulotte, grands gardiens du savoir universel. Dès le début, tes ancêtres ont eu pour tâche de veiller à la sauvegarde de toutes les connaissances acquises, partout dans l'univers, au fil des temps. D'abord, ils se sont contentés d'entreposer ces informations dans des bâtiments situés sur notre planète. On pourrait dire qu'il s'agissait à la fois de bibliothèques et de salles d'archives. Puis, il y a eu des conflits entre nos différents peuples: les Kénoniens, les Kiribatiens et les Kouzos. Malheureusement, plusieurs de ces bibliothèques et de ces dépôts d'archives ont été brûlés lors de combats. Pour éviter que toutes ces connaissances disparaissent, les Hulotte ont choisi un certain nombre de planètes, dispersées un peu partout dans le cosmos, pour y conserver le savoir universel. Ainsi, le phare où tu habitais est en réalité une des cachettes de ces archives. Tes grands-mères en sont les gardiennes.

— Est-ce qu'il y a encore des conflits entre les peuples de cette planète?

— La paix est revenue sur la Brimatie, mais il subsiste encore un peu de rancune dans le cœur de certaines personnes. Malheureusement ! Tu sais, il n'est pas si facile de se réconcilier, surtout quand on veut garder le pouvoir pour soi ! Et c'est d'ailleurs là que tu interviens.

— Moi ! s'étonna Lori-Lune. Mais je ne cherche pas le pouvoir. Je veux juste vivre en paix avec ma famille.

— Je n'en doute pas un instant. Le problème, c'est que tu es exceptionnelle, comme l'Élue de la légende. Quand ta mère est venue étudier sur Brimatie, elle est tombée amoureuse d'un jeune homme ; pas un Kiribatien comme elle, mais un Kénonien ! Normalement, ça n'aurait jamais dû fonctionner entre eux. Pourtant... Ils se voyaient en cachette, à l'insu de tous. Et un jour, ta mère s'est rendu compte qu'elle était enceinte. C'était impensable. Jamais auparavant une Kiribatienne et un Kénonien n'avaient eu d'enfant. Impossible ! Ces deux races ne sont pas compatibles.

— Si c'était aussi impossible que ça, comment se fait-il que je sois née...

comme ça, toute bleue? fit-elle en se montrant d'un geste de la main.

— La seule explication plausible vient de la légende, selon laquelle, un jour, un être exceptionnel, dont le destin est de sauver notre monde, naîtrait d'une telle union.

Lori-Lune n'en revenait pas. Il y avait sûrement erreur sur la personne. Elle n'était qu'une jeune adolescente et ne voyait pas du tout comment elle pourrait sauver le monde. D'ailleurs, de quoi devrait-elle le sauver? Après tout, il n'y avait plus de guerres ni de conflits, sur la Brimatie. Et même s'il y en avait eu, elle n'aurait eu aucun moyen d'empêcher cela. Et puis cette histoire n'était qu'une légende, et les légendes ne sont pas réelles.

Goulok poursuivit son récit:

— Ta mère a eu peur pour l'avenir de l'enfant qu'elle portait. Elle craignait, avec raison, que des gens mal intentionnés essaient de l'enlever et de l'utiliser pour obtenir plus de pouvoir. Donc, elle s'est cachée ici. Depuis fort longtemps, nous étions les amis de la famille Hulotte. Isabo était en sécurité dans notre village. Personne, dans le reste du monde, ne s'est jamais douté qu'elle vivait ici et qu'elle avait donné naissance à un bébé aussi unique. Le jour, pendant qu'elle étudiait à la Grande Université cosmique, je te servais de nourrice. Le soir, elle dormait ici, auprès de toi. Quand ses études furent terminées, tu avais trois ans. Comme l'avaient fait avant elle tes grands-mères et tes arrière-grands-mères, Isabo devait retourner sur Terre afin de poursuivre le travail familial. Tu viens d'une famille très particulière. Toutes les femmes Hulotte doivent jurer de consacrer leur vie à la protection des archives universelles. Pour cela, elles sont prêtes à renoncer à une vie normale. Elles acceptent de s'isoler sur une planète lointaine, sans jamais se marier. Pourtant, elles doivent assurer leur descendance. Alors, quand elles sont en âge d'avoir un enfant, elles viennent parfaire leurs études à la Grande Université cosmique et elles se choisissent un compagnon. Ils vivent ensemble pendant les quatre années que durent les cours, puis la jeune femme repart pour la Terre avec l'enfant qu'elle a eu avec cet homme. Je ne sais pourquoi, mais les Hulotte ont toujours eu des filles.

— Mais, l'interrompit Lori-Lune, si maman a fait comme mes ancêtres, cela n'a pas dû passer inaperçu quand elle a choisi un Kénonien comme compagnon. Comment a-t-on pu accepter qu'elle ne vive pas avec un Kiribatien ?

— Elle avait d'abord choisi un Kiribatien, mais le pauvre jeune homme souffrait malheureusement d'une maladie incurable. Il est mort avant qu'elle ne tombe enceinte. Isabo a eu beaucoup de chagrin, alors personne n'a insisté pour qu'elle choisisse un autre compagnon. C'est par hasard qu'elle a rencontré un Kénonien et elle est devenue très éprise de lui. Ils se voyaient en cachette. Isabo a cessé de sortir avec lui dès qu'elle a su qu'elle était enceinte. Après ses études, elle t'a emmenée sur Terre en te cachant sur son vaisseau spatial, pour que personne ne soupçonne ton existence. Quelques années plus tard, on lui a offert un poste très important à la Direction générale des Archives cosmiques, qu'elle a accepté. Elle ne pouvait refuser sous prétexte qu'elle avait une fille à élever, puisque, officiellement, elle n'avait jamais eu d'enfant. Elle t'a donc confiée à tes grands-mères et est revenue travailler sur Brimatie. Son savoir et sa renommée sont très grands. Si tu étais restée avec elle, tout le monde aurait su à propos de ta naissance. Et elle devait absolument garder cela secret, pour ta propre sécurité. En te faisant vivre dans un lieu aussi reculé que la Terre, elle te protégeait de loin.

Le cœur de Lori-Lune se mit à battre plus vite. Sa mère était vivante et elle habitait sur Brimatie. Enfin, elle l'avait retrouvée !

— Je veux aller voir ma mère. Allons-y tout de suite !

Goulok secoua la tête.

— Je suis désolée, mais il m'est impossible de te conduire auprès d'elle. Cela m'est interdit. Je risquerais de te mettre en danger et de révéler au grand jour le secret de ta mère.

— Mais le secret n'existe plus vraiment, puisque des Kénoniens ont essayé de m'enlever. N'ayez crainte, je saurai me défendre. S'il vous plaît, guidez-moi vers elle.

— Je ne peux accéder à ta demande, mais rien ne t'empêche de communiquer avec elle.

— Je peux l'appeler ! se réjouit Lori-Lune. Comment ?

— Grâce à ce que ta mère t'a laissé dans ton album.

Lori-Lune fronça les sourcils. Il lui semblait pourtant que le livre bleu ne contenait que des informations sans grande valeur et un miroir. Elle ouvrit l'album et dit :

— Je ne vois rien qui puisse me permettre de communiquer avec ma mère.

Goulok se pencha vers la jeune fille et pointa le miroir avec sa trompe.

— Bien sûr que si ! Regarde ! Prends cet objet et place-le sur la photographie de ta mère, à la première page.

Lori-Lune obéit. À sa grande déception, il ne se passa rien. Le miroir cachait simplement la photographie. La Kouzo continua son explication :

— Maintenant, il suffit d'entrer le code en appuyant sur les bonnes étoiles qui sont dessinées sur le miroir.

— Mais... comment je saurais lesquelles sont les bonnes? Je ne connais pas le code.

— Je ne le connais pas non plus, mais je me demande si...

Goulok ne termina pas sa phrase et se leva rapidement. D'un pas pressé, elle se rendit dans la chambre de Lori-Lune. La jeune fille courut derrière elle. La Kouzo se tenait debout devant la tapisserie qui ornait un des murs.

— C'est une carte du ciel qui ressemble beaucoup au dessin sur ton miroir. Ce sont les mêmes étoiles. Regarde, sept d'entre elles ont été encerclées.

— La Petite Ourse! s'exclama Lori-Lune. C'est la constellation dans laquelle l'étoile polaire et la planète Brimatie se trouvent. Sept étoiles forment cette constellation. Ça ressemble un peu à une petite casserole. Oui, je la vois sur le miroir. C'est sûrement le code. Je vais essayer en pesant sur les étoiles. Je commence par... Polaris, celle qui se trouve la plus au nord et qui est aussi la plus brillante.

Penchée au-dessus du miroir, retenant son souffle, Lori-Lune appuya du bout du doigt sur les sept étoiles et attendit.

Le dessin de l'étoile Polaris se mit à clignoter. Au bout d'un moment, le reflet de l'adolescente devint flou et disparut, pour céder la place à l'image de sa mère.

— Bonjour, Lori-Lune ! dit la femme en lui souriant. Il y a si longtemps que j'attendais cet instant !

Retenant difficilement des larmes de joie, la jeune fille répondit :

— Moi aussi, maman ! Si tu savais tout ce que j'ai à te dire...

12

Soir de neige

Un tapis de neige recouvrait toute la Pointe-aux-Chouettes. De gros flocons blancs tourbillonnaient en tombant du ciel. Bien au chaud dans sa chambre, Lori-Lune souriait en admirant le spectacle par la fenêtre. Elle était doublement heureuse. D'abord, parce qu'elle se réjouissait à l'avance des batailles de neige qui auraient lieu le lendemain matin dans la cour de l'école. Ensuite, parce qu'il serait bientôt l'heure de contacter sa mère, Isabo Hulotte, comme elle le faisait maintenant tous les soirs avant de se coucher.

Elle se souvenait encore de la première fois qu'elle lui avait parlé grâce au miroir, un « communicateur spatio-ondes », comme disaient ses grands-mères. La mère et la fille avaient eu une longue conversation ; elles avaient tant de choses à se raconter ! Isabo lui avait confirmé les explications de Goulok. L'adolescente était bien née en Brimatie et, fait extraordinaire, son père était un Kénonien.

Lorsque Lori-Lune avait demandé le nom de son père, Isabo avait eu un hésitation, mais elle lui avait finale ment dit : Zakishi Taïko. Isabo l'avait rencontré à l'université, mais elle avait cessé de le fréquenter dès qu'elle avait appris qu'elle était enceinte, car elle craignait trop pour la vie de son futur bébé. Elle voulait garder le plus grand secret sur la naissance de Lori-Lune, afin de mieux la protéger. Ce n'était que dernièrement que Zakishi avait appris l'existence de sa fille, tout à fait par hasard. En tant que pilote d'un gros vaisseau spatial, il avait à son bord une dizaine de Kouzos qui travaillaient pour lui. Un jour, il avait surpris une conversation entre ses employés au sujet de l'Être élu, qui était né dans leur village d'une Kiribatienne nommée Isabo Hulotte. Intrigué, il s'était mis à la recherche de la jeune fille et avait découvert qu'elle vivait avec ses grands-mères.

La nuit où Poly et le Kouzo étaient arrivés sur la Terre, Karol et Lorak s'étaient doutées que la cachette de leur petite-fille avait été découverte. Elles avaient passé la journée suivante à chercher ceux qui poursuivaient Lori-Lune. Lorsque, horrifiées, elles s'étaient rendu compte que durant leur absence, l'adolescente avait été enlevée, elles avaient décidé de revenir sur Brimatie et d'en informer Isabo. À bord d'un vieux vaisseau spatial qu'elles gardaient dissimulé dans la forêt des Feux-Follets, les grands-mères étaient revenues vers leur planète d'origine. Elles n'avaient pas encore atterri lorsqu'elles captèrent le message de Goulok les prévenant de la présence de leur petite-fille au village des Kouzos. Soulagées, elles avaient tout de même prévenu Isabo que le secret entourant Lori-Lune avait été mis au jour.

Lori-Lune n'en revenait toujours pas. Zakishi, l'oncle de Poly, était son père, ce qui voulait dire que Poly devenait par le fait même son cousin. Et quel cousin ! Aux dernières nouvelles, il avait toujours un aussi sale caractère, malgré toutes les tentatives de ses parents pour lui apprendre à vivre. En effet, lorsque Karol et Lorak étaient arrivées au village des Kouzos pour aller chercher leur petite-fille, elles étaient accompagnées de toute la famille Shinel. Isabo les avait mis au courant de la situation. Les parents de Poly avaient été soulagés de le retrouver sain et sauf, mais pour le punir d'avoir fait une fugue, ils avaient décidé de le laisser quelque temps aux mains des Kouzos.

Les Kouzos auraient certainement préféré garder Lori-Lune avec eux, mais Isabo avait réussi à les convaincre de la libérer. Elle les avait assuré que l'adolescente serait toujours leur amie et leur protectrice. Les Kouzos n'avaient nul besoin de la maintenir de force auprès d'eux pour bénéficier des bienfaits de l'Être élu. Pour ce qui est de Poly, ils s'en seraient bien débarrassés au plus vite, tellement ils n'appréciaient pas son vilain comportement.

Quittant la fenêtre, la jeune fille s'installa sur son lit. Elle ouvrit son album, plaça le miroir sur la photo de sa mère et composa le code. Une dizaine de secondes plus tard, Isabo lui apparut dans le cadre.

— Bonjour, mon enfant ! J'ai une excellente nouvelle à t'annoncer. Ton père et moi, nous irons passer les vacances de Noël avec toi et tes grands-mères.

— C'est vrai ? Youpi ! Ce seront mes premières vacances en famille. Est-ce que... est-ce que ça veut dire que toi et papa vous...?

— Oui, nous avons beaucoup discuté ces derniers temps et nous en sommes venus à un arrangement. Ton père comprend qu'il fallait que je te cache et que même lui ne pouvait être mis au courant. Maintenant qu'il le sait, il insiste pour veiller à ta sécurité. Évidemment, nous ne pourrons jamais vivre ensemble ; il serait dangereux de nous afficher publiquement. Mais nous allons souvent dans ma petite maison, au village des Kouzos.

— Fantastique ! Et Poly, comment va-t-il ? Est-il toujours en punition ?

— Ses parents l'ont repris avec eux. Je crois que son séjour parmi les Kouzos l'a rendu un peu plus sage. Tu en jugeras par toi-même, car toute la famille Shinel nous accompagnera sur Terre.

Le sourire de Lori-Lune disparut. Elle allait devoir passer deux longues semaines avec son horrible cousin. Elle se força néanmoins pour répondre à sa mère :

— Chic ! On va bien s'amuser.

— Ne fais pas cette tête. Nous serons plusieurs à veiller à ce qu'il ne cause aucun problème. D'ailleurs, ses parents ont engagé Gald à titre de surveillant personnel de leur fiston.

Lori-Lune retrouva son sourire en imaginant le Kouzo courant derrière Poly pour l'empêcher de faire des bêtises. Pauvre petit Gald ! Aucun doute, c'était une tâche ardue et bien au-dessus de ses forces qu'on lui avait confiée. La jeune fille leva les yeux vers la fenêtre. Elle apercevait les flocons qui dansaient dans le ciel. Poly n'avait aucune idée de ce qu'était la neige, puisqu'il n'y en avait pas sur la Brimatie. Lori-Lune eut sou-

dain hâte de l'initier au combat de balles de neige.

« Il peut venir, je l'attends de pied ferme ! » songea-t-elle.

La conversation entre la mère et la fille se termina avec les bisous d'usage. Avant de se coucher, Lori-Lune ouvrit son manuel de langues brimatiennes. Depuis son retour sur Terre, ses grands-mères lui enseignaient tout ce qu'une jeune Kiribatienne devait savoir sur son monde. Ainsi, un jour, elle serait prête à retourner sur sa planète natale. Un jour qui viendrait peut-être plus vite qu'elle ne le croyait !

Table des matières

Susanne Julien

Un nouveau livre, une nouvelle aventure ! Voilà la devise de Susanne Julien. Depuis une vingtaine d'années, elle s'amuse à créer des personnages imaginaires hors du commun, tout en espérant que ses jeunes lecteurs les aimeront autant qu'elle. Un jour, elle court après des fées, le lendemain, elle invente des fantômes. Vraiment, il y en a pour tous les goûts !

Aujourd'hui, elle nous parle d'une jeune extraterrestre. Ce n'est pas étonnant puisque Susanne Julien est dans la lune depuis sa tendre enfance ! Laissez l'auteure vous guider à la découverte du destin de Lori-Lune !

Derniers titres parus dans la
Collection Papillon

25. **Des matières dangereuses**
Clément Fontaine
26. **Togo**
Marie-Andrée et
Geneviève Mativat
27. **Marélie de la mer**
Linda Brousseau,
Prix littéraire Desjardins
1994 (traduit en anglais
et en italien)
28. **Roberval Kid et la ruée vers l'art**
Rémy Simard,
Prix du livre de fiction
de l'année 1994
29. **La licorne des neiges**
Claude D'Astous
30. **Pas de panique, Marcel !**
Hélène Gagnier
31. **Le retour du loup-garou**
Susanne Julien
32. **La petite nouvelle**
Ken Dolphin
33. **Mozarella**
Danielle Simard
34. **Moi, c'est Turquoise !**
Jean-François Somain
35. **Drôle d'héritage**
Michel Lavoie
36. **Xavier et ses pères**
Pierre Desrochers
37. **Minnie Bellavance, prise 2**
Dominique Giroux
38. **Ce n'est pas de ma faute !**
Linda Brousseau
39. **Le violon**
Thomas Allen
40. **À la belle étoile**
Marie-Andrée Clermont
41. **Le fil de l'histoire**
Hélène Gagnier
42. **Le sourire des mondes lointains**
Jean-François Somain
(traduit en japonais)
43. **Roseline Dodo**
Louise Lepire, finaliste au
Prix littéraire Desjardins
44. **Le vrai père de Marélie**
Linda Brousseau
45. **Moi, mon père...**
Henriette Major
46. **La sécheuse cannibale**
Danielle Rochette
47. **Bruno et moi**
Jean-Michel Lienhardt
48. **Main dans la main**
Linda Brousseau
49. **Voyageur malgré lui**
Marie-Andrée Boucher
Mativat
50. **Le mystère de la chambre 7**
Hélène Gagnier
51. **Moi, ma mère...**
Henriette Major

52. **Gloria**
Linda Brousseau

53. **Cendrillé**
Alain M. Bergeron

54. **Le palais d'Alkinoos**
Martine Valade

55. **Vent de panique**
Susanne Julien

56. **La garde-robe démoniaque**
Alain Langlois

57. **Fugues pour un somnambule**
Gaétan Chagnon

58. **Le Voleur masqué**
Mario Houle,
finaliste au Prix du livre M. Christie 1999

59. **Les caprices du vent**
Josée Ouimet

60. **Serdarin des étoiles**
Laurent Chabin

61. **La tempête du siècle**
Angèle Delaunois

62. **L'autre vie de Noël Bouchard**
Hélène Gagnier, Prix littéraire Pierre-Tisseyre jeunesse 1998

63. **Les contes du calendrier**
Collectif de l'AEQJ

64. **Ladna et la bête**
Brigitte Purkhardt, mention d'excellence au Prix littéraire Pierre-Tisseyre jeunesse 1998

65. **Le collectionneur de vents**
Laurent Chabin

66. **Lune d'automne et autres contes**
André Lebugle, finaliste au Prix du livre M. Christie 2000

67. **Au clair du soleil**
Pierre Roy

68. **Comme sur des roulettes!**
Henriette Major

69. **Vladimirrr et compagnie**
Claudine Bertrand-Paradis, mention d'excellence au Prix littéraire Pierre-Tisseyre jeunesse 1998; Prix littéraire Le Droit 2000, catégorie jeunesse

70. **Le Matagoune**
Martine Valade

71. **Vas-y, princesse!**
Marie Page

72. **Le vampire et le Pierrot**
Henriette Major

73. **La Baie-James des «Pissenlit»**
Jean Béland

74. **Le huard au bec brisé**
Josée Ouimet

75. **Minnie Bellavance déménage**
Dominique Giroux

76. **Rude journée pour Robin**
Susanne Julien

77. **Fripouille**
Pierre Roy

78. **Verrue-Lente, consultante en maléfices**
Claire Daigneault

79. **La dernière nuit de l'*Empress of Ireland***
Josée Ouimet

80. **La vallée aux licornes**
Claude D'Astous

81. **La longue attente de Christophe**
Hélène Gagnier

82. **Opération Sasquatch**
Henriette Major

83. **Jacob Deux-Deux et le Vampire masqué**
Mordecai Richler

84. **Le meilleur ami du monde**
Laurent Chabin

85. **Robin et la vallée Perdue**
Susanne Julien

86. **Cigale, corbeau, fourmi et compagnie (30 fables)**
Guy Dessureault

87. **La fabrique de contes**
Christine Bonenfant

88. **Le mal des licornes**
Claude D'Astous

89. **Conrad, le gadousier**
Josée Ouimet

90. **Vent de folie sur Craquemou**
Lili Chartrand

91. **La folie du docteur Tulp**
Marie-Andrée Boucher Mativat et Daniel Mativat

92. **En avant, la musique !**
Henriette Major

93. **Le fil d'Ariane**
Jean-Pierre Dubé

94. **Charlie et les géants**
Alain M. Bergeron

95. **Snéfrou, le scribe**
Evelyne Gauthier

96. **Les fées d'Espezel**
Claude D'Astous

97. **La fête des fêtes**
Henriette Major

98. **Ma rencontre avec Twister**
Sylviane Thibault

99. **Les licornes noires**
Claude D'Astous

100. **À la folie !**
Dominique Tremblay

101. **Feuille de chou**
Hélène Cossette

102. **Le Chant des cloches**
Sonia K. Laflamme

103. **L'Odyssée des licornes**
Claude D'Astous

104. **Un bateau dans la savane**
Jean-Pierre Dubé

105. **Le fils de Bougainville**
Jean-Pierre Guillet

106. **Le grand feu**
Marie-Andrée Boucher Mativat

107. **Le dernier voyage de Qumak**
Geneviève Mativat

108. **Twister, mon chien détecteur**
Sylviane Thibault

109. **Souréal et le secret d'Augehym Ier**
Hélène Cossette

110. **Monsieur Patente Binouche**
Isabelle Girouard

111. **La fabrique de contes II**
Christine Bonenfant

112. **Snéfrou et la fête des dieux**
Evelyne Gauthier

113. **Pino, l'arbre aux secrets**
Cécile Gagnon

114. **L'appel des fées**
Claude D'Astous

115. **La fille du Soleil**
Andrée-Anne Gratton

116. **Le secret du château de la Bourdaisière**
Josée Ouimet

117. **La fabrique de contes III**
Christine Bonenfant

118. **Cauchemar à Patati-Patata**
Isabelle Girouard

119. **Tiens bon, Twister !**
Sylviane Thibault

120. **Coup monté au lac Argenté**
Diane Noiseux

121. **Sombre complot au temple d'Amon-Râ**
Evelyne Gauthier

122. **Le garçon qui n'existait plus**
Fredrick D'Anterny

123. **La forêt invisible**
Fredrick D'Anterny

124. **Le prince de la musique**
Fredrick D'Anterny

125. **La cabane dans l'arbre**
Henriette Major

126. **Le monde du Lac-en-Ciel**
Jean-Pierre Guillet

127. **Panique au Salon du livre**
Fredrick D'Anterny

128. **Les malheurs de Pierre-Olivier**
Lyne Vanier

129. **Je n'ai jamais vu un Noir aussi noir**
Claudine Paquet

130. **Les soucis de Zachary**
Sylviane Thibault

131. **Des élections sucrées**
Isabelle Girouard

132. **Pas de retraite pour Twister**
Sylviane Thibault

133. **Les voleurs d'eau**
Fredrick D'Anterny

134. **La tour enchantée**
Fredrick D'Anterny

135. **Noël de peur**
Fredrick D'Anterny

136. **Valeria et la note bleue**
Diane Vadeboncoeur

137. **Ariane et les abeilles meurtrières**
Jean-Pierre Dubé

138. **Lori-Lune et le secret de Polichinelle**
Susanne Julien

139. **Lori-Lune et l'ordre des Dragons**
Susanne Julien

140. **Lori-Lune et la course des Voltrons**
Susanne Julien